Peter Gerdes

Stahnke und der Spökenkieker

Peter Gerdes

Stahnke und der Spökenkieker

Kriminalgeschichten

LEDA VERLAG

Peter Gerdes
Stahnke und der Spökenkieker
Kriminalgeschichten

1. Auflage 2003
ISBN 3-934927-40-8

Leda-Verlag, Kolonistenweg 24, D-26789 Leer
info@leda-verlag.de
www.leda-verlag.de

Titelbild und Illustrationen: Andreas Herrmann
Lektorat und Satz: Heike Gerdes
Grundschrift: Times
Druck und Gesamtherstellung: Drukkerij Bariet, Ruinen
Printed in Netherlands

Inhalt

Von Fall zu Fall

Hauptkommissar Stahnke lebt, und das besser als je zuvor. Der Fünfzigjährige hat – nachdem ihm seine Frau davongelaufen ist – mit der Studentin Sina eine attraktive, 20 Jahre jüngere Gefährtin bekommen. Irgendwann ist er auch befördert worden, und mit Oberkommissar Kramer steht ihm ein zwar humorloser und maulfauler, aber effizienter Mitarbeiter zur Seite. Er „schätzte seinen Assistenten ebenso wie der ihn, aber die beiden Männer hatten es sich angewöhnt, daraus ein Geheimnis zu machen. Zuweilen sogar vor sich selbst."

Stahnke lebt, und das deutlicher als je zuvor. „Ein anderes Blatt" und „Thors Hammer" (beide 1997) brachten frühe Ermittlungen, da waren andere Personen mindestens ebenso wichtig wie er. In „Ebbe und Blut" (1999) gewinnt er Kontur, in der ersten Fallsammlung „Das Mordsschiff" (2000) hat er bereits Vergangenheit und Zukunft, ist die runde Figur geworden, die ich liebe: ein Zweizentner-Mann mit stoppelblondem Kopf, dem seine „ungesteuerten Gedankenkaskaden" unbehaglich sind, weil er ein langsamer, von seinen Vorurteilen leicht verführbarer Denker ist.

„Der Etappenmörder" (2001) wurde zu Stahnkes bislang größtem und gefährlichstem Fall. Damals wandte sich Sina ab von ihrem früheren Freund, dem immer mal wieder auftauchenden Sportjournalisten Marian Godehau, und ihm zu. Spätestens seit damals aber habe ich für Stahnke zu fürchten begonnen. Es würde ihn doch nicht etwa ein ähnliches Schicksal erwarten wie Sherlock Holmes? Der sollte ja auf dem Höhepunkt des Erfolgs nach dem Willen seines Schöpfers in die Reichenbachfälle gestürzt werden. Was wird Peter Gerdes noch mit Stahnke vorhaben? Sina könnte sich von dem deutlich Älteren abwenden. Oder der stille Kramer macht endlich das, was er unverständlicherweise bis heute nicht gemacht hat und klettert die Karriereleiter an ihm vorbei. Stahnke könnte auch in den sturzbachartigen Fällen untergehen, die ein anthologisierter Kommissar nun einmal zu lösen bekommt, und sein Gesicht verlieren. Oder er muss ins zweite Glied zurück, weil der Autor eine andere Figur in sich entdeckt hat, die er nun fördert und zur Hauptfigur macht.

Einmal habe ich Peter geschrieben: „Geh vorsichtig um mit Stahnke, er ist mir lieb und wert. Wehe Du tust ihm was, so wie Agatha Christie ihrem Poirot." Und habe ihm auch den Grund für meine Zuneigung gestanden: „Viel mehr als die großen Analytiker und geschwinden Puzzle-Füger mag ich nämlich die Umstandskrämer und Bauchdenker, die Melancholiker. Jene, die immer ein bisschen wirken wie aus der Welt gefallen – und die sie doch so genau kennen, weil manchmal eben der Blick von unten genau die richtige Optik ist. Also Pater Brown, Maigret, Brunetti, Wallander. Ja, und Stahnke eben. Also geh bloß vorsichtig mit ihm um!"

Unvorstellbar, dass Stahnke in der Gegend herumrennt und mit dem Revolver fuchtelt. „Einen Fall mental zu sezieren und zu strukturieren war fast ebenso befriedigend wie die Ergreifung eines Täters aus Fleisch und Blut. Und bestimmt ebenso kreativ." Manchmal scheint ihn sogar die Tat mehr zu interessieren als der Täter. Auf die Spitze wird das im Fall „Schiefer als Pisa" getrieben, dessen lässige Tätervernachlässigung wohl einzigartig in der Kriminalliteratur sein dürfte.

Der große Stille aus dem Norden irrt sich mitunter, manchmal müssen ihn Freunde und Kollegen auf die richtige Lösung bringen; und immer wieder helfen ihm die merkwürdigsten Analogien weiter. Das alles gefällt mir. Es macht Stahnke unverwechselbar, liebenswert und höchst lebendig. Also hoffe ich, dass es ihm – von Fall zu Fall – weiterhin gut gehen wird. Und er keinen Reichenbach-Reinfall erlebt!

Klaus Seehafer

Blondes Gift

„Mein ist die Rache“, sprach der Herr im grauen Anzug. Hauptkommissar Stahnke schüttelte milde das massige, blondstoppelige Haupt und bemühte sich um eine pastorale Modulation seiner Stimme.

„Eben nicht, Herr Krüger“, antwortete er. „Selbstjustiz sieht unser Rechtssystem nun einmal nicht vor.“

„Aber genau das machen die doch mit mir.“ Der hochgewachsene, hagere Mann mochte an die fünfundsechzig Jahre alt sein, was aber nur die Längsfurchen in seinem langen, aristokratischen Gesicht verrieten. Kerzengerade saß Wendelin Krüger, Mitglied der Handelskammer seit über dreißig Jahren, auf Stahnkes marodem Besucherstuhl, ohne die Rückenlehne in Anspruch zu nehmen. Ein Sinnbild der Unnachgiebigkeit.

„Sicher, Herr Krüger.“ Auch Stahnke bemühte sich jetzt um Haltung, ein Vorhaben, das bei seiner Massigkeit wenig Aussicht auf Erfolg hatte. „So sieht es jedenfalls aus. Ehe wir aber etwas unternehmen können, brauchen wir Beweise. Etwas Handfestes eben. Bis jetzt haben wir ja bloß Vermutungen. Wenn auch recht plausible, wie ich zugeben muss.“

„Vermutungen.“ Krüger schnaubte verächtlich durch die Nase, so überzeugend, wie Stahnke es bisher nur in alten Preußen-Filmen gesehen und gehört hatte. „Etwas Handfestes! Ha!“

Ingeborg balancierte das Kaffee-Tablett herein. Sie lächelte Krüger an, als sie die schlanke Blümchen-Tasse vor ihm abstellte. Stahnke bekam seinen HSV-Humpen, wie immer.

„Danke, Inge“, sagte er. Sein Lächeln fiel unsicher aus und blieb unerwidert.

„Bitte, Herr Stahnke.“ Mit schnellen Schritten verließ die Frau den Raum, das leere Tablett unter den rechten Ellbogen geklemmt.

Wie konnte ich nur so dämlich sein, dachte Stahnke. Nicht zum ersten Mal. Eine Affäre mit der eigenen Sekretärin, das war ja wohl der klassische Blödsinn. Der beste Beweis für einsetzende Torschlusspanik. Stahnke war jetzt fünfzig und das Alleinsein nach all den Jahren mit Katharina nicht mehr gewohnt, auch wenn er sich seit geraumer Zeit zwangsläufig mehr und mehr Praxis darin aneignete. Daher hatte er Inges Avancen einfach nichts entgegenzusetzen gehabt.

Natürlich hatte er sich auch geschmeichelt gefühlt. Inge war acht Jahre jünger als er und ausgesprochen attraktiv. Schlank und sportlich, irgendwie handfest erotisch. Richtig, diese Hände. Klein und fest, zart und frech. Als Inge sich zum ersten Mal bei ihm eingehakt hatte, nach einem dieser endlosen Verhör-Abende, die sie zusammen mit ihm klaglos ertrug wie ein echter Kumpel, da hatte er gezittert wie ein Drahtseil unter Spannung. Sie hatte es gespürt. Und fester zugefasst.

Aber Stahnke war nicht der Typ, der unterschiedliche Erwartungen lange ignorieren konnte. Er war einfach zu ehrlich. Natürlich hatte es eine Weile gedauert, bis er es selbst begriff. Zuerst hatte er sich in Inges offene Arme geworfen wie in einen Zeit-Strudel, der ihn zurück führte in die Lebensphase des Suchens, des Ausprobierens, des Spielens. In eine längst vergangene Lebensphase. In diesen Strudel aber war er alleine getaucht. Inge lebte und liebte hier und jetzt. Ihre Suche war niemals ziellos, und wenn sie spielte, dann nach festen Regeln. Sie wollte keine Affäre, sie wollte eine Beziehung. Etwas Handfestes eben.

Als Stahnke das klar geworden war, da hatte er es ihr gesagt. Etwas ungelenk vielleicht – „du, lass das mal, wir müssen reden“ –, aber unmissverständlich. Dass Katharina sich zwar von ihm getrennt, er sich aber noch immer nicht von ihr gelöst habe. Dass er deshalb zu einer neuen Bindung einfach nicht in der Lage sei. Das hatte er ihr gesagt, ganz offen; ein bisschen bewunderte er sich sogar dafür.

Na ja, vielleicht hatte er die Karten nicht sofort auf den Tisch gelegt, aber doch ziemlich bald, kaum dass der erste Rausch verflogen war. Er wollte genießen, aber sie sollte sich nicht ausgenutzt fühlen.

Natürlich tat sie genau das.

Krüger stellte seine Tasse lautlos auf die Untertasse zurück. Seinem Gesichtsausdruck war nicht zu entnehmen, ob ihm Inges

Kaffee mundete. Auch Stahnke trank. Der Kaffee war stark, fast bitter, mit viel Milch und Zucker darin. Typisch Inge: Wenn schon, denn schon. Nicht schlecht, auf Dauer aber würde ihm das auf den Magen schlagen.

„Wann glauben Sie denn etwas Handfestes vorweisen zu können?“, fragte Krüger. „Wenn man mir das nächste Lager zertrümmert hat?“

Zynisch konnte er also auch sein, der Herr Import-Export-Kaufmann. Was aber kein Wunder war, schließlich hatte man ihm übel mitgespielt. Erst diese Rufmordkampagne – „Garantiert in die Gruft mit Wendelins Walnüssen“ – und dann die Verwüstung seines Speichers. Dutzende von Nuss- und Kaffeesäcken hatten sie aufgeschlitzt und dann mit dem Feuerlöscher draufgehalten. „Als nächstes bin ich selber dran“, fürchtete Wendelin Krüger. Deshalb hatten ihn die Kollegen auch zu Stahnke ins Dezernat für Gewaltverbrechen geschickt.

„Mal anders herum gefragt.“ Stahnke beugte sich vor und stützte die Ellbogen auf die Schreibtischplatte, die Unterarme vorgestreckt, die Handflächen offen, als wollte er nach dem langen grauen Herrn greifen. „Kann es denn sein, dass vielleicht etwas dran ist an den Vorwürfen, die gegen Sie erhoben wurden? Schließlich handeln Sie ja mit ‘notleidenden Partien’. Und wenn Sie wirklich schimmelige Nüsse verkauft haben sollten, wäre das ja keine Kleinigkeit. Die sind ziemlich gesundheitsschädlich, habe ich mir sagen lassen. Tja, und dann wäre es immerhin denkbar, dass nicht böse Konkurrenten Ihr Lager verwüstet haben, sondern wütende Verbraucher.“

Stahnke kam richtig in Fahrt, wie so oft, wenn sich aus ein paar Spekulationen plötzlich ein hübsches, stimmiges Bild zu formen begann. „Nüsse, das ist doch etwas für Naturköstler, oder? Nüsse im Müsli, klar. Oder im Kuchen. Na, und wenn solche Leute merken, dass man ihnen ausgerechnet in ihr Gesundheits-Essen Gift reingemischt hat, dann kann es doch sein, dass die losgehen wie die Tierschützer. Oder?“

Stahnke klatschte die Handflächen auf den Tisch. Einen Fall mental zu sezieren und zu strukturieren war fast ebenso befriedigend wie die Ergreifung eines Täters aus Fleisch und Blut. Und bestimmt ebenso kreativ.

Wendelin Krüger schnaubte wieder, diesmal lauter als zuvor. Mit einem Ruck erhob er sich, so dass der Besucherstuhl ein paar Zentimeter über das graue Linoleum nach hinten rutschte, was nach Krügers Kategorien vermutlich einem Wutausbruch gleichkam.

„Mein Herr“, sagte er dennoch beherrscht, „ich habe nicht den Eindruck, dass Sie sich meinem Anliegen in gebührender Weise widmen, und bin nicht länger bereit, meine knapp bemessene Zeit auf Ihre abstrusen Theorien zu verwenden. Guten Tag.“

Starker Abgang, dachte Stahnke, als der lange, gerade, graue Rücken durch die Tür verschwand. Er nahm sich vor, weitere Erkundigungen über die Geschäfte des Herrn Wendelin Krüger einzuholen. Gleichzeitig sollten die Kollegen von der Streife Krügers diverse Lager in der Speicherstadt verstärkt im Auge behalten. Wissen konnte man ja nie.

Inge schaute herein. Ein giftiger Blick. „Noch einen Kaffee, Herr Stahnke?“

Es war so bitter, viel bitterer noch als ihr starker Kaffee, und durch keinerlei Milch oder Zucker gemildert. Mit dem Lass-uns-doch-Freunde-bleiben-Mythos hatte Inge in den letzten zwei Wochen gnadenlos aufgeräumt. Wenn schon, denn schon – ganz oder gar nicht. Liebe war nicht, also war Feindschaft. Und jeder, der die Entwicklung vom kollegialen „Sie“ zum erst kumpelhaften, dann begehrlichen „Du“ verfolgt hatte, wusste jetzt natürlich Bescheid.

Stahnke suchte Inges Blick, hielt ihm aber nicht stand. „Ja bitte“, sagte er und schichtete ein paar Aktendeckel um, hinter denen er sich am liebsten ganz versteckt hätte. Es war ja so bitter.

Da war die Akte Krüger. „Vandalismus St-Annen-Straße“, das war in unmittelbarer Nähe des Speicherstadtmuseums. Irgendwie passend, machte doch dieser ganze Herr Wendelin einen irgendwie musealen Eindruck. Vielleicht konnte man ihn ja ausstopfen und ins Museum neben eine der alten Sortiermaschinen stellen.

Inge platzte mit dem Kaffee mitten in sein Lachen hinein. Ihr blasses Gesicht unter dem dunkelblonden Pilzkopf blieb unverändert streng. „Ist sonst noch etwas, Herr Stahnke?“

„Nein.“ Der Hauptkommissar schluckte trocken. „Danke. Du kannst Feierabend machen, Inge.“

Sie drehte sich um, mit schwingendem Rock, zeigte ihm das Muskelspiel ihrer schlanken Waden. Wie hatten sie es genossen, alle beide, wenn er zärtlich in diese Waden hineinbiss, sich dann langsam nach oben …

Sie ging grußlos.

„Kramer“, sagte Stahnke, ohne die Stimme zu heben.

Sein Assistent erschien in der Tür, verlässlich wie immer, und schwieg auffordernd.

„Sie waren doch auch neulich im Speicherstadtmuseum.“ Keine Antwort. Wer von Kramer eine Antwort wollte, musste schon eine richtige Frage stellen. Aber eine ausbleibende Verneinung reichte ja auch.

„Hat man Ihnen da auch von diesen Giften erzählt, die entstehen, wenn bestimmte Lebensmittel falsch gelagert werden? Wie heißen die noch?“

„Aflatoxine“, sagte Kramer wie aus der Pistole geschossen. „Ein Mischwort. Aspergillus für Pilz, flavus für gelb oder auch blond. Und Toxine für Gift, klar.“

„Blonde Pilze?“ Stahnkes zweifelnder Blick glitt an Kramers Miene ab. „Blondes Gift? Gefährlich?“

„Kann tödlich sein“, sagte Kramer. „Die Dosierung müsste ich aber nachschlagen.“

„Und die befallen Nüsse?“

„Erdnüsse, Paranüsse, Pistazien, Haselnüsse, also tropische und auch heimische Arten. Und natürlich Kaffee.“

„Kaffee.“ Stahnke hob seinen Becher an den Mund und trank. „Gerösteten?“

„Nein, Rohkaffee. Wenn er feucht wird, nicht richtig gelüftet. Aber die Rückstände bleiben nach dem Rösten drin. Das ist ja gerade das Gemeine.“ Kramer schob eine Hand in die Tasche und lehnte sich lässig an den Türpfosten. Ein ungewohnter Anblick. „Man kann es allerdings riechen, wenn Kaffee befallen ist. Riecht modrig und ein bisschen nach Gras. Solche Partien müssen dann sorgfältig neu sortiert werden.“

„Ah ja“, sagte Stahnke, „die so genannten notleidenden Partien.“

„Exakt“, sagte Kramer.

Er wartete einen Moment; als sein Vorgesetzter aber keine Anstalten machte, das ohnehin schon ungewöhnlich ausgedehnte Gespräch fortzusetzen, wandte er sich ab.

Stahnke rief ihn jedoch noch einmal zurück. „Sagen Sie, wie wirken die denn eigentlich, diese Aflatoxine?“

Kramer zuckte die Achseln. „Weiß nicht genau. Scheint aber mehr was Langfristiges zu sein. So über die inneren Organe, vor allem die Leber. Langsam, aber sicher.“

„Danke“, sagte Stahnke. Kramer verschwand.

Der Hauptkommissar hob seinen Kaffeebecher zur Nase und schnupperte. Milch und Zucker milderten die bittere Strenge des Getränks. Stahnke runzelte die Stirn.

„Mein ist die Rache“, murmelte er vor sich hin.

Dann schüttelte er den Kopf: „Ach was, Unfug.“ Entschlossen nahm er einen kräftigen Schluck und stellte den Becher zurück auf den Schreibtisch.

Oder schmeckte der Kaffee etwa doch etwas muffig?

„Quatsch“, sagte Stahnke. „Nie im Leben.“

Die Kreuzigung des Dr. Wohlmann

„Typisch“, grunzte Stahnke und ließ die blickdichte Gardine zurück vors Fenster fallen, „einen dicken Jaguar vorm Haus stehen haben, aber lauthals jammern, dass die Kohle nicht mehr reicht. Ärzte. Bäh.“

Wie um seine Schmähung zu unterstreichen, tupfte sich der Hauptkommissar einen Tropfen Heilpflanzenöl unter die Nase. Das allerdings hatte ganz praktische Gründe, denn in der Praxis von Dr. Wohlmann stank es mörderisch. Buchstäblich. Und was da so stank, war der Doktor selbst.

„Und?“, fragte Stahnke, als Polizeiarzt Dr. Mergner aus dem Behandlungsraum ins Wartezimmer trat, wo der Hauptkommissar schon seit geraumer Zeit genau das tat, wozu das Zimmer gedacht war. Er tat es ungern, aber professionell. Seine Hände steckten nicht etwa deshalb in den Taschen seines Trenchcoats, um seine leitende Position zu unterstreichen. Jedenfalls nicht nur. Stahnke wusste, dass die größte Bedrohung für Spuren an Tatorten tollpatschige Polizisten waren. Also hielt er sich zurück und die Hände bei sich. Spuren und sonstige Fakten waren für die Kriminaltechniker da, für die Fotografen und die Ärzte. Sein Job war die Kopfarbeit, das, was er „die mentale Bewältigung eines Falles“ nannte. Oft schon hatte er durch pure Gedankenarbeit Struktur ins postmortale Chaos gebracht. Nun ja, auch das Umgekehrte war ihm bereits widerfahren. Aber das stand auf einem anderen Blatt.

Mergner blickte so verwirrt drein wie immer. Seine ewig schief auf dem Nasenrücken hängende Nickelbrille mit den flaschenbodendicken Gläsern, auf denen sich ebenso viele Fingerspuren nachweisen ließen wie an manchem Tatort, sein wirrer Haarschopf und seine fahrigen Bewegungen stempelten ihn zur Karikatur seines Berufsstandes. Aber Stahnke, der die Außenwirkung seiner eigenen gut zwei Zentner und seines blondstoppeligen Rundschädels gut einzuschätzen wusste, ließ sich von Äußerlichkeiten längst nicht mehr täuschen. Mergner verstand sein Handwerk, auch wenn er dies zuweilen nach Kräften verbarg.

Der dürre Gerichtsmediziner warf seine langen Arme empor, so plötzlich und ruckartig, dass Stahnke unwillkürlich einen Schritt zurücktrat. „Sie können sich's aussuchen", krähte Mergner. „Lungenperforation durch die abgesplitterten Enden mehrerer gebrochener Rippen. Innere Blutungen. Milzriss. Kreislaufzusammenbruch. Außerdem ist der Körper weitgehend dehydriert. Schon mal 'ne ganze Palette, nicht wahr? Und wer weiß, was ich sonst noch finde, wenn ich ihn erst auf dem Tisch habe."

Mergner pflegte seine Leichen in Oldenburg zu öffnen, mit einer schier unglaublichen Präzision, von der sich Stahnke schon des öfteren hatte überzeugen können, ebenso widerwillig wie anerkennend. Reiner Zufall, dass Mergner gerade in Leer zu tun gehabt hatte, als der Leichenfund im Ärztehaus am Ostersteg gemeldet wurde.

„Danke", sagte Stahnke. „Und was denken Sie?"

Wieder hob Mergner Arme und Hände, eine Geste, die alles zwischen Ratlosigkeit und Verzweiflung ausdrücken konnte. „Äußerste Brutalität", stieß er hervor, „hab ich selten gesehen, so was. Ein Irrer, wenn Sie mich fragen. Vielleicht religiös motiviert. Sie wissen schon, Ostern und so." Mergner raufte sich die Haare, befingerte seine Brille und vergewisserte sich, dass sein ausgeblichener Schlips auch wirklich schief hing. „Aber erwarten Sie bitte nicht, dass ..."

„... auch nur ein Wort davon in Ihrem Bericht steht", unterbrach Stahnke und nickte besänftigend. „Sie sind Mediziner, kein Kriminalist, und den Mörder muss ich schon selber finden. Ich weiß."

„Genau." Mergner blickte sich nach seiner Tasche um. „Und darum möchte ich auch verschärft gebeten haben, dass Sie ihn nämlich finden, den Mörder, allein schon aus standesmäßiger Betroffenheit heraus." Er hielt inne, wie eingefroren mitten in der Bewegung: „Oder standesgemäßer? Wie sagt man?"

„Standesmäßige Betroffenheit ist schon standesgemäß, denke ich", erwiderte Stahnke. Als Mergner die Stirn runzelte, schob er schnell nach: „Und was können Sie zum Todeszeitpunkt sagen?"

„Der Verwesungsprozess ist schon recht weit fortgeschritten, beschleunigt durch die Hitze“, sagte Mergner, der gedanklich sofort umgeschaltet hatte. „Das erfordert einiges an Rechnerei. Aber ich sage mal: Karfreitag.“

Wieder nickte Stahnke. Mergners Da-war-doch-noch-was-Blick ließ er an seinem Pokerface, das er in langen Dienstjahren ganz nach Bedarf ein- und auszuknipsen gelernt hatte, abgleiten. Er bedankte sich herzlich und schüttelte den Polizeiarzt mit einem kräftigen Händedruck aus seiner Grübelei. Mergner zuckte die Achseln und ging.

Widerstrebend wandte sich Stahnke wieder dem Behandlungszimmer zu. Kramer kam ihm entgegen, kreidebleich. „Die Bestatter sind da“, sagte der Oberkommissar mit einer Stimme, deren gepressten Klang Stahnke unwillkürlich in der Rubrik „grünlich“ einordnete. „Können wir ihn jetzt losmachen?“

„Gleich“, sagte Stahnke und schob sich an seinem Assistenten vorbei, ohne die Hände aus den Manteltaschen zu nehmen.

Karfreitag. Doch, da könnte etwas dran sein, überlegte Stahnke, während er Wohlmanns Leiche ein weiteres Mal betrachtete. Der leblose Körper des Kinderarztes saß auf dem grünen Linoleum, das verzerrte Gesicht eingesunken, der Leib aufgedunsen, mit dem Rücken an einen breiten Heizkörper gelehnt, die weit ausgebreiteten Arme mit Handschellen an die Heizungsrohre gefesselt. Tatsächlich gemahnte das Bild an eine Kreuzigung. Das Heizungsventil war bis zum Anschlag aufgedreht gewesen, und da es über die Osterfeiertage noch einmal recht kühl geworden war, hatte der Gasbrenner ganz hübsch gepowert. Den Kollegen von der Funkstreife, die als Erste alarmiert worden waren, war eine fürchterliche Hitze entgegengeschlagen. Und ein entsetzlicher Gestank.

Wohlmann war misshandelt worden, ob vor oder nach seiner Kreuzigung, musste noch ermittelt werden. Vermutlich war beides der Fall. Der oder die Täter hatten den Arzt geschlagen und getreten, hatten ihm mehrere Rippen gebrochen, Blutergüsse zugefügt und innere Organe verletzt. Dann hatten sie ihn seinem Schicksal überlassen, angekettet und mit fest verklebtem Mund. Einige Zeit hatte er sicherlich noch gelebt, rasend vor Schmerzen, Angst und Durst. Seine Handgelenke waren blutig gescheuert, seine Kleidung von Kot und Urin verschmutzt. Wie lange mochte es gedauert haben, bis der Tod ihn erlöste? Karfreitag, Samstag, Ostersonntag, Ostermontag – die Praxis war über die Feiertage natürlich geschlossen, ebenso wie alle anderen im Haus, keiner der Kollegen hatte Notdienst gehabt. Das große Gebäude war praktisch menschenleer gewesen. Keine Chance auf Rettung, keine Hoffnung, nur brennende Hitze und Qualen bis zum Schluss.

„Ist gut“, sagte Stahnke. „Sie können ihn losmachen.“ Die Kollegen machten sich ans Werk, die Bestatter öffneten den Leichenkoffer.

Kramer saß im Wartezimmer und blätterte in einer Zeitschrift mit braunem Pappeinband. Lesezirkel, alter Kram, wie in den meisten Praxen. Stahnke setzte sich neben seinen Kollegen. Eine Tageszeitung vom vergangenen Donnerstag lag aufgefächert auf dem niedrigen Tisch, Sportteil obenauf.

„Haben Sie die mitgebracht?“, fragte Stahnke. Kramer schüttelte den Kopf: „Lag schon hier, als ich kam. Wieso? Soll ich sie ins Labor geben?“

Stahnke antwortete nicht. Vorsichtig blätterte er um, jede Seite nur mit den Fingerspitzen berührend. Regionalsport, Bundesliga, Lokalsport, darunter ein Block mit Bumsanzeigen. Es folgten zwei weitere Seiten mit Inseraten und ganz hinten die Familienanzeigen. Geboren, geheiratet, gestorben. Tja. Eigentlich konnte man Lebensläufe recht knapp zusammenfassen.

„Was waren das eigentlich für Handschellen?“, fragte er.

„Ziemlich professionelle Dinger“, sagte Kramer. „Kein Kinderspielzeug mit Sicherheitsknöpfchen. Leider. Diese haben Polizei-Qualität. Es sind aber ziemlich viele von den Dingern in Umlauf.“

„Ach. Und wo wird so was verkauft?“

Ein feines Grinsen spielte um Kramers schmale Lippen: „In Sexshops natürlich.“

„Natürlich“, bestätigte Stahnke eilig. „Na, dann wollen wir die mal überprüfen.“

„Schon veranlasst“, sagte Kramer.

Hin und wieder könnte ich ihn eigentlich loben, dachte Stahnke. Stattdessen aber fragte er: „Deutet denn irgend etwas auf Sexspielchen hin? Ich meine, es sollen sich ja schon Leute selbst erdrosselt haben beim Versuch, sich den Extra-Kick zu geben.“

Kramer brachte es fertig, gleichzeitig zu nicken und den Kopf zu schütteln, ohne dabei debil auszusehen. „Schon, aber das können wir ausschließen. Das hier übersteigt alle mir bekannten Sado-Maso-Praktiken. Ich meine natürlich, alle, von denen ich bisher gehört habe."

„Natürlich", bestätigte Stahnke. Das Grinsen verkniff er sich. „Also dann, was haben wir?"

„Dr. med. Hanno Wohlmann, 43 Jahre, verheiratet, keine Kinder. Niedergelassener Kinderarzt, alteingesessene Praxis vom Schwiegervater übernommen, Ehefrau arbeitet als Sprechstundenhilfe mit. Gut situiert, aber nicht übermäßig begütert."

„Na, für einen Jaguar reicht es immerhin", unterbrach Stahnke.

Kramer hob fragend die Augenbrauen: „Wieso Jaguar? Die Wohlmanns haben einen Passat, dunkelblau. Kein schlechter Wagen, aber kein Jaguar."

Stahnke wies mit dem Daumen über seine Schulter; Kramer erhob sich halb und linste durch die Gardine. „Ach der", sagte er. „Ist mir auch aufgefallen. Der gehört aber nicht Wohlmann, sondern einem seiner Nachbarn. Banker oder so."

Stahnke nickte stumm. Dass ihm das immer wieder passieren musste! Ständig tappte er in die Falle seiner eigenen Vorurteile. Was ins Bild passte, wurde geglaubt. Glauben aber hieß nicht wissen. „Und nicht wissen heißt sechs", pflegte sein alter Mathelehrer stets zu ergänzen. Man musste eben genauer hinsehen. Stahnke, setzen. Nur gut, dass er bereits saß.

Das Wartezimmer besaß zwei Türen; die eine führte zum Behandlungszimmer, die andere zum Flur mit der Rezeption, den weiteren Ordinations- und Therapiezimmern und dem Durchgang zu den Privaträumen. Vom Flur her war ein zaghaftes Klopfen zu hören. „Bitte", sagte Kramer. Die Tür wurde einen Spalt breit geöffnet, und ein kleiner, vierschrötiger Mann schob seinen Kopf hindurch. „Brauchen Sie noch etwas?", fragte er.

„Danke", sagte Kramer. „Aber kommen Sie doch einen Augenblick herein, Herr Przybilski."

Ein Bauerngesicht, dachte Stahnke. Rund, pausbäckig, stark geädert, flankiert von zwei leuchtend roten Segelohren. Drei zu eins, dass das der Hausmeister ist.

„Herr Przybilski ist hier der Hausmeister", erläuterte Kramer. Stahnke erhob sich, schüttelte dem Mann die Hand und lächelte ihm so leutselig zu, dass der gar nicht anders konnte als zurückzulächeln, obwohl ihm offenkundig gar nicht danach zu Mute war.

„Sie haben uns also angerufen", stellte Stahnke fest; von irgendwem hatte er das aufgeschnappt. „Haben Sie auch die Leiche gefunden?"

Przybilski nickte. „Ja. Das Fräulein Weiß, die junge MTA, also die neue Sprechstundenhilfe, hat bei mir geklingelt. Weil sie nicht reinkam in die Praxis, nicht wahr, und weil es so roch. Ich habe dann aufgemacht, und zusammen sind wir rein."

„Fräulein Weiß?" Stahnke blickte Kramer an.

„Schock", sagte Kramer knapp. „In Behandlung. Noch nicht vernehmungsfähig. Wir werden benachrichtigt."

„Und warum konnte die Dame nicht hinein? Hatte sie keinen Schlüssel? Immerhin arbeitet sie doch hier."

„Doktor Wohlmann hat seinen Angestellten nie Schlüssel gegeben", sagte der Hausmeister. „Nur er und seine Frau hatten welche. Einer von beiden kam immer als Erster, der andere ging als Letzter."

„Und wer wäre heute dran gewesen mit früh da sein? Wohlmann oder seine Frau?"

„Der Herr Doktor", sagte Przybilski. „Er wollte über die Feiertage noch Unterlagen für die Krankenkassen aufarbeiten, hat er mir letzte Woche erzählt. Seine Frau ist verreist. Besucht ihre Eltern in Bremen über die Feiertage. Soll erst übermorgen zurück sein."

„Sie ist schon benachrichtigt", kam Kramer Stahnkes Frage zuvor. „Die Bremer Kollegen haben das übernommen."

Stahnke rieb sich das Kinn; seine Bartstoppeln raschelten leise. Er fixierte Kramer und fragte mit gedämpfter Stimme: „Haben Sie dieses Fräulein Weiß gesehen?"

Kramer nickte.

„Und?"

Kramer zuckte die Achseln. „Jung. Hübsch. Niedlich." Er lehnte sich zurück. „Meinen Sie das?"

„Klar", sagte Stahnke. „Und sie war neu hier in der Praxis, nicht wahr?" Ein verlockender Gedanke: Geldsack trifft Jungbrunnen, betrogene Gattin wird zur Bestie. Klischee, sicher. Aber warum war das Klischee? Weil es immer wieder vorkam.

Vorsichtig, Stahnke, dachte Stahnke. Denk an den Jaguar.

„Wer tut so was? Wer tut bloß so was?“ Przybilskis Stimme klang halb erstickt. Überrascht blickte Stahnke auf. Der Hausmeister stand gekrümmt da, das Gesicht in seinen Handflächen verborgen. „Er war doch so ein feiner Mensch, der Herr Doktor. Hat immer nur allen geholfen. Sich um jeden gekümmert, um die Kinder, hat sie gesund gemacht. Ein Wohltäter. Wer tötet denn so jemanden? Wer bringt so einen um? Und dann auch noch so.“

Stahnke legte ihm beide Hände auf die Schultern; dieses Maß an Vertraulichkeit mochte gerade noch angehen. „Genau das ist die Frage, Herr Przybilski“, sagte er. „Und genau deswegen sind wir ja hier. Um das rauszukriegen. Vertrauen Sie uns, wir werden den Mörder schon finden.“ Fast hätte Stahnke über seine eigenen Worte den Kopf geschüttelt. Seit wann machte er denn so große Sprüche? Und so sentimentale obendrein?

Der Hausmeister rieb sich die Augen, bedankte sich und ging. Alles in allem ein ziemlich peinlicher Auftritt, fand der Hauptkommissar.

„Blödsinn“, sagte Kramer.

Stahnke spürte, wie ihm das Blut ins Gesicht schoss. „Wie – äh …“ Sein Mund blieb stumm und offen.

„Blödsinn ist das. Von wegen Wohltäter Wohlmann. Der war als Kinderarzt nicht halb so gut, wie dieser Przybilski ihn hinstellt.“

Erleichtert stellte Stahnke fest, dass Kramer nicht ihn gemeint hatte. Dann erst registrierte er die Bedeutung seiner Worte. „Kein guter Arzt? Mangelndes Fachwissen oder menschliche Defizite?“

„Beides, wenn Sie mich fragen“, sagte Kramer. Der hagere Mann blickte zu Boden. Man konnte durch seinen Mantel hindurch sehen, dass er die Fäuste in den Taschen ballte.

„Ja“, sagte Stahnke, „das tue ich. Erzählen Sie mal.“

„Meine Tochter“, sagte Kramer. „Stephanie. Sieben Jahre alt. Sie erinnern sich?“

Der Hauptkommissar nickte. Kramer hatte den kleinen Blondschopf vor ein paar Wochen einmal mit ins Büro gebracht. „Girls day“ – was das wohl zu bedeuten hatte? Allzu viel konnte Stahnke mit Kindern nicht anfangen, aber Steffi hatte ihm gefallen. Sie war unglaublich clever, eigentlich so gar nicht kindlich. Vielleicht deshalb.

„Sie hat nur ein Auge“, sagte Kramer. Und verbesserte sich

schnell, als er den entsetzten Blick seines Vorgesetzten sah: „Natürlich sind beide Augen noch da, aber sie kann nur auf einem sehen. Das andere ist praktisch blind.“

„Das tut mir Leid.“ Stahnkes Stimme klang brüchig.

„Ja.“ Kramer fuhr fort: „Sie war erst sechs Monate alt, als mir etwas auffiel. Beim Füttern, wissen Sie. Da saß ich mit ihr im Kinderzimmer, nur die Nachttischlampe brannte, die Kleine war ganz entspannt, saugte mit Hingabe und schaute mich dabei an, die Augen weit offen und die Pupillen riesengroß. Ich konnte alles darin sehen, mich selbst, das Zimmer, alle meine Träume. Und plötzlich diese kleine Galaxis in ihrem rechten Auge.“

Mein Gott, Kramer, dachte Stahnke. Die Ratio auf zwei Beinen, beherrscht bis zum Gehtnichtmehr, durch nichts aus der Ruhe zu bringen. Dachte ich immer. Dieser Gegenbeweis war nun wirklich nicht nötig. Er wandte sich ab, als sein Kollege das Taschentuch zückte, und drehte sich erst wieder um, als Kramer weitersprach.

„Im selben Moment, als ich diesen Nebel bemerkte, wusste ich auch schon, was das war. Ich wusste es, aber ich konnte es nicht glauben. Statt genauer hinzusehen, wollte ich es einfach nicht wahrhaben, verstehen Sie?“

„Verstehe ich“, sagte Stahnke. „Und dann gingen Sie zu Wohlmann?“

„Er hat mir genau das erzählt, was ich mir zu hören gewünscht hatte. ‘Ach, das kennen wir ja, überängstliche Eltern, die bilden sich alles Mögliche ein. Nicht wahr, hahaha, das wollen wir mal nicht so ernst nehmen, was besorgte Eltern so zu sehen glauben.’ Tja. Ich hab’s ihm geglaubt, weil ich ihm glauben wollte, weil es ja so schön gewesen wäre, wenn es gestimmt hätte.“ Kramer schluckte. „Hat aber nicht gestimmt.“

„Was war es denn?“

„Ein Blutgefäß, das da nicht hingehörte. Habe mich später über die Zusammenhänge informiert. Während der Entwicklung eines Embryos werden sozusagen Versorgungsleitungen für bestimmte Organe aufgebaut, zum Beispiel für die Augen. Und wenn die dann fertig aufgebaut sind und nur noch zu Ende wachsen müssen, werden diese Leitungen, also die Adern, wieder abgebaut. Eben aufgelöst. Ihre Substanz geht in den kleinen Körper mit ein.“

„Schlau", sagte Stahnke.

Kramer lächelte: „Ja, nicht wahr? Ist schon eine tolle Sache, das Leben, so rein planungstechnisch. Nur leider wurde diese eine Versorgungsleitung nicht wieder abgebaut. Sie blieb bestehen, dort, wo sie nicht mehr hingehörte. Echter Planungsfehler."

„Genetischer Defekt?"

„Vermutlich." Kramers Blick ging an Stahnke vorbei ins Leere. „Die Ader saß als Fremdkörper an der Linse, weiß und gekrümmt, wie eine winzig kleine Galaxis, und hat sie getrübt. Wenn man rechtzeitig operiert hätte, wäre die Linse zwar wohl auch nicht mehr zu retten gewesen, auf jeden Fall aber hätte man die Sehfähigkeit des Auges annähernd erhalten können, und dann hätte Steffi die Möglichkeit gehabt, sich eines Tages als Erwachsene eine künstliche Linse implantieren zu lassen. Das kann sie jetzt abhaken."

„Kann Steffi denn mit dem rechten Auge gar nichts mehr sehen?"

„Praktisch nichts. Selbst die restliche Sehfähigkeit, die paar Prozent, die anfangs noch nachzuweisen waren, wurde nicht erhalten. Das hat Wohlmann auch versaut. Falsch therapiert, zu spät, zu halbherzig. Der Augenarzt, zu dem wir später gegangen sind, hat's gar nicht glauben wollen. Aber da war der Schaden schon angerichtet."

„Und was hat dieser … dieser Doktor Wohlmann dazu gesagt?" Stahnke bekam seine Kiefer nur mit Mühe auseinander. Die verkrampften Muskeln schmerzten.

„Was er gesagt hat? 'Glückwunsch zu Ihrer Diagnose, Sie hatten ja wohl doch Recht.' Das hat er gesagt. Wirklich wahr. Steffi hat den doch überhaupt nicht interessiert. Ich bin damals aus dieser Praxis rausgegangen wie betäubt. Und nie wieder hingegangen. Wir haben sofort danach den Kinderarzt gewechselt. Wer weiß …"

„Ja", sagte Stahnke. Nicht, dass er Kramer eine Affekthandlung zugetraut hätte. Eine Gewalttat schon gar nicht. Aber verstanden hätte er es. Was sicher ein Fehler war, überlegte er, denn schließlich war Rache keine Privatsache, sondern – tja, seine. Seine Sache. In gewisser Weise. Als Sachwalter des staatlichen Gewaltmonopols.

Aber immerhin wäre dies schon Motiv Nummer drei. Erstens

religiöser Wahn, zweitens Eifersucht, drittens Rache. Ein nettes Sortiment. Man musste nur noch seine Wahl treffen.

„Rache", murmelte er vor sich hin.

„Was?" Kramer schreckte hoch.

„Wir sollten uns doch mal die Patientenkartei durchschauen", sagte Stahnke. „Vielleicht mit Mergner zusammen, der sieht bestimmt Dinge, die wir nicht sehen. Oder nicht verstehen. Wo sind denn die Akten hier?"

„In den Metallschränken nebenan", sagte Kramer. „Steht jedenfalls dran. Die Dinger sind abgeschlossen. Aber da kommen wir schon ran. Soll ich den Przybilski rufen?"

„Przybilski." Stahnke stutzte.

„Ja, Sie wissen doch, den Hausmeister …" Er unterbrach sich, weil Stahnke ungeduldig abwinkte. Da war etwas, kein Gedanke, keine Erinnerung, sondern nur ein Zipfelchen davon, irgend etwas Erhaschtes. Was?

„Die Zeitung", sagte er. „Her das Ding."

Kramer fragte nicht, sondern schob das Blatt wortlos über den Tisch.

Der Sportteil. Regionalsport, Bundesliga, Lokalsport? Nein. Huren- und sonstige Anzeigen auch nicht. Was war es?

Geboren, geheiratet, gestorben. Das war es. Die Todesanzeigen. Schnell überflog er die fett gedruckten Namen in den schwarz umrandeten Annoncen. Blätterte um, schaute, blätterte zurück. Nein, das war es nicht. Kein Przybilski. Kein kleines Kind dieses Namens, gestorben wegen ärztlicher Interesselosigkeit und Selbstüberschätzung, kein kleiner Engel, der nach Rache schrie.

Oder? Nicht so hastig, Stahnke, nicht so luschig. Schau genauer hin.

Er las die Lebensdaten der Verstorbenen. Erstaunlich, wie alt die Leute in Ostfriesland wurden … aber hier, geboren 1990, ein kleiner Junge. Aber er trug einen ganz anderen Namen und hatte auch nicht in Leer gelebt. Die Anzeige war mit einem Kreuz versehen und mit einem Spruch. Nein, kein Bibelwort: „Enttäuschtes Hoffen brennt heißer als die Hölle." Ach herrje, wer ließ sich denn so was einfallen?

Stahnke sah zu Kramer hinüber. Der Oberkommissar hatte sich wieder hingesetzt, die Beine gespreizt, den Oberkörper geneigt, die Ellbogen auf die Schenkel gestützt, die Handflächen gegeneinander gepresst und den Blick zu Boden gerichtet. Oh ja, auch er hatte gehofft. Obwohl er gesehen hatte und wusste. Aber da war einer, der hatte seiner Hoffnung Nahrung gegeben. Nicht aus Bosheit, nein, aus reiner Bequemlichkeit und Besserwisserei. Was war wohl schlimmer?

Stahnke wandte sich ab. Sein Blick streifte den Heizkörper. Schau genau hin, verdammt noch mal.

Wieder las er die Anzeige: „Enttäuschtes Hoffen brennt heißer als die Hölle. Viel zu früh … nach langem Leiden … in Liebe… dann die Namen der Eltern und Großeltern, Geschwister gab es offenbar keine, aber da: „Dein Patenonkel." Und dahinter der Name.

„Also doch", sagte Stahnke. „Erich Przybilski." Das Bauerngesicht. Er hatte genau hingeschaut: Die Augen hinter den vorgehaltenen Händen waren trocken gewesen.

„Was?" Wieder wurde Kramer aus seinen Gedanken hochgeschreckt.

„Holen Sie Przybilski her", sagt Stahnke. „Bitte. Und seien Sie höflich zu ihm."

Das Blinzeln des Automaten

Als er den Automaten sah, konnte sich Stahnke eines Grinsens nicht erwehren. „Kottan“, murmelte er leise vor sich hin. Tatsächlich erinnerte der ungeschlachte beigefarbene Kasten stark an den sadistischen Apparat aus der österreichischen Krimiserie. „Kein Kaffee für den Präsidenten“, zitierte der Hauptkommissar leise und stellte sich dabei seinen eigenen Chef vor, wie er versuchte, den Getränkeautomaten von einer Felsklippe zu stürzen.

„Wie bitte?“

Stahnke zuckte zusammen, aber es war nur Kramer.

„Nichts, nichts. Lassen Sie sich nicht stören.“

Kramer hob kurz eine Augenbraue und wandte sich ab. Spock, dachte Stahnke. Faszinierend. Dann schüttelte er den schweren, vom Vorabend her noch etwas umwölkten Kopf. Offenbar hatte er neben dem Wein- auch den Fernsehgenuss übertrieben, mangels anderweitiger Gesellschaft. Vielleicht sollte er es mal mit einem Kaffee versuchen.

Cappuccino sei alle, signalisierte ein rotes Lämpchen. Es schien ein wenig zu blinzeln. Also entschied sich Stahnke für „Kaffee mit Kaffeeweißer und Zucker“. Der Automat schluckte die Münzen und spie heiße Flüssigkeit aus. Allerdings keinen Becher, so dass die Plörre direkt in den Ausguss lief. Das Plätschern und Gurgeln erinnerte entfernt an unterdrücktes Lachen.

„Eigentlich wollten wir da ja noch Fingerabdrücke nehmen.“ Der Vorwurf, der in Kramers Stimme mitschwang, wurde durch einen Anflug von Schadenfreude leicht gemildert.

„Oh.“ Stahnke versteckte die kräftigen Hände in den Taschen seines Trenchcoats. Dort trug er sie ohnehin am liebsten. „Dann berichten Sie mal“, sagte er, denn ein Themenwechsel schien angebracht.

„Ein Küchenmesser“, referierte Kramer. „Klinge knapp zwanzig Zentimeter lang, sehr scharf. Glatt eingedrungen, genau zwischen zwei Rippen hindurch. Herzkammerperforation. Der Tod dürfte sofort eingetreten sein.“

Der Tote lag auf dem Rücken, längs vor der Spüle, von der Tür zur Redaktions-Teeküche halb verborgen. Stahnke runzelte die Stirn, während er die Leiche betrachtete. Eigentlich gab es nichts Ungewöhnliches zu sehen, wenn man einmal die Tatsache, dass da ein Mann von höchstens fünfunddreißig Jahren mit einem Messer in der Brust tot am Boden lag, nicht als ungewöhnlich einstufte; so etwas erlebte man eben gelegentlich in diesem Beruf. Nein, Leichen an sich irritierten den Hauptkommissar nicht mehr. Aber was dann?

Der Tote war mittelgroß und halbwegs schlank, trug braune Halbschuhe, blaue Jeans und ein schwarzblau kariertes Holzfällerhemd, auf dem sich rund um die Klinge, die zu etwa zwei Dritteln eingedrungen war, ein recht kleiner Blutfleck ausgebreitet hatte – bester Beleg für einen sauberen Stich und einen schnellen Tod. Das Gesicht war oval, die Frisur weder lang noch kurz, die Brille mittelgroß, das Gestell mittelstark. An diesem Mann gab es so gar nichts Auffälliges. War es womöglich das, was ihm aufgefallen war?

Nein. „Kramer“, sagte Stahnke, „schauen Sie doch mal, wie der liegt.“

Kramer schaute. Und zuckte die Achseln. „Auf dem Rücken“, sagte der Oberkommissar in einem Ton, als habe er noch niemals etwas Überflüssigeres ausgesprochen.

„Quatsch“, sagte Stahnke. „Oder ja, natürlich auf dem Rücken. Aber wie er daliegt! Total – na, ungeschickt eben, nicht wahr? Steif und irgendwie paddelig. So liegt man doch nicht.“

Kramer betrachtete seinen Vorgesetzten wie ein freundlicher Arzt einen eingebildeten Kranken. „Steif ist er jedenfalls“, sagte er dann. Den Rest ließ er unkommentiert, und das sagte alles.

„Wann ist der Tod denn eingetreten?“, fragte Stahnke

„Gestern Abend zwischen halb elf und halb zwölf“, antwortete Kramer. „Um halb elf hat man ihn nämlich noch unten in der Technik gesehen. Irgendwann in der Stunde danach muss es ihn dann erwischt haben.“

„Was hatte er denn um diese Zeit noch hier zu suchen?“

„Der Mann“, Kramer blätterte in seinen Notizen, „übrigens ein gewisser Thomas Kretschmer, ist oder vielmehr war Sportredakteur der Ostfriesland-Nachrichten, gestern Abend hatte er Dienst, und Kickers Emden hat gespielt. Fußball-Oberliga. 0:3 verloren. Den Spielbericht hat Kretschmer noch aktuell geschrieben. Dann hat er sich in der Technik vergewissert, dass alles passte, und ist gegangen. Unten dachten alle, er sei nach Hause. Offensichtlich aber ist er noch einmal in den ersten Stock zurückgekehrt und in die Teeküche gegangen. Tja, und da liegt er immer noch.“

„Thomas Kretschmer also.“ Stahnke war nicht gerade sportbegeistert, aber die Artikel mit dem Kürzel „teka“ hatte er immer gerne gelesen. Nicht der Themen wegen, sondern weil ihm der Stil gefiel. Kretschmer hatte sich stets weniger für Resultate interessiert als für die Dramaturgie von Sportereignissen. An welchem Punkt war die Partie gekippt, welches Detail hatte sich im Nachhinein als richtungweisend herausgestellt? Kretschmer hatte einen scharfen Blick für die innere Struktur von Geschehnissen gehabt. Und sich Stahnke damit als verwandte Seele empfohlen.

„Gibt es schon eine Tätervermutung?“, fragte der Hauptkommissar. „Hatte Kretschmer Feinde?“ Sportredakteure konnten sich schnell unbeliebt machen. Mehr als ein Trainer verdankte Kretschmers spitzer Feder schließlich einen vorzeitigen Jobverlust, und auch mit manchem Spieler war „teka“ nicht eben freundlich umgesprungen. Wobei er seine Kritik zumeist in subtile Formulierungen kleidete. „Jatzke verwaltete den linken Flügel“ – herrlich vernichtend. Aber ob Fußballer das überhaupt kapierten?

Kramer schüttelte den Kopf: „Ich habe bisher nur mit dem Hausmeister und den Sekretärinnen sprechen können; die Redakteure kommen erst später. Kretschmer scheint allgemein beliebt gewesen zu sein. Höflich, zurückhaltend, eben ein richtig netter Kollege.“

Stahnke nickte. Dieses Sozialprofil deckte sich hundertprozentig mit der äußeren Erscheinung des Ermordeten. Dabei steckten hinter dieser unscheinbaren Schale doch ein scharfer analytischer Geist und ein überdurchschnittliches Stilgefühl. Eine seltsame Diskrepanz, aber beileibe keine seltene. Der Hauptkommissar rieb sich die runden Wangen. Gab es nicht auch bei ihm selbst diesen seltsamen Kontrast zwischen körperlicher Plumpheit und geistiger Eleganz?

Allerdings hatte ihn noch keiner deshalb umgebracht.

Er räusperte sich: „Kennen wir schon die Herkunft der Tatwaffe?"

„Sie stammt vermutlich aus der Schublade dort drüben", sagte Kramer. „Dort gibt es ein ganzes Sammelsurium an Besteck und Küchengerätschaften, lauter Einzelstücke. Hier werden nämlich immer die Geburtstagsbrötchen geschmiert und die Kuchen aufgeschnitten, da bleibt immer mal etwas liegen."

Der Messergriff war schwarz, offenbar aus Plastik. Das war günstig. „Fingerabdrücke?"

Kramer nickte. „Sind abgenommen und werden gerade untersucht. Es scheinen die Abdrücke einer einzigen Person zu sein."

„Das könnte uns ja den Job ein bisschen erleichtern." Vielleicht, vielleicht aber auch nicht. Was, wenn der Täter nicht zu den Beschäftigten der „Ostfriesland-Nachrichten" gehörte, sondern von außen gekommen war? Dann würden ihnen die Abdrücke herzlich wenig nützen. Es sei denn, er wäre ein Profi, den sie bereits in ihrer Kartei hatten. Aber diese Leute hinterließen gewöhnlich überhaupt keine Spuren.

Erneut musterte Stahnke den Toten. Auf sein Äußeres hatte Kretschmer sichtlich keinen Wert gelegt. Kleidung und Frisur drückten bewusste Nachlässigkeit aus, ohne bereits verkommen zu wirken. Als Sportredakteur musste er tagtäglich mit dem Körperkult, der in dieser Szene herrschte, konfrontiert gewesen sein. Diesem Kult hatte er sich offenkundig verweigert. Und andere Schwerpunkte gesetzt.

Stahnke glaubte in einen Spiegel zu blicken.

„Chef." Kramer winkte ihn hinaus auf den Flur. „Dies hier ist Frau Antje Winkler, Lokalredakteurin. Sie hat den Toten gut gekannt."

Antje Winkler war mittelgroß, rotblond und sommersprossig; ihr Make-up war um die Augen herum verwischt, aber sie hatte sich bereits wieder im Griff. Trotzdem beschloss Stahnke, sich dem Thema auf Umwegen zu nähern. „Wer hat eigentlich Zugang zu den Räumen der Redaktion?", fragte er. „Abends, meine ich."

Die Rotblonde antwortete mit Turbogeschwindigkeit; Stahnke staunte, dass sich die Worte, die sich da im Eiltempo über ihre leuchtend roten Lippen drängten, nicht gegenseitig beiseite rempelten. „Praktisch jeder, der einen Schlüssel zu diesem Haus hat, und das sind alle, die hier beschäftigt sind. Es gibt zwar eine Zwischentür, die sich nur mit den Schlüsseln der Redaktionsangehörigen öffnen lässt, aber die steht häufig offen. Da verlässt sich immer einer auf den anderen, und am Ende ist dann wieder eine Kamera weg."

„Heute früh war die Zwischentür aber zu", unterbrach Kramer. „Ordnungsgemäß abgeschlossen. Hat der Hausmeister ausgesagt."

„Das heißt also, die Tür wurde nach dem Mord abgeschlossen", überlegte Stahnke. „Womöglich vom Mörder selbst. Das würde den Kreis der Verdächtigen auf die Redaktionsmitglieder eingrenzen. Es sei denn, Kretschmer hätte sich und seinen Mörder selbst hier eingeschlossen, und der Täter ist anschließend durch ein Fenster im Erdgeschoss raus. Oder mit Kretschmers Schlüssel."

„Beides scheidet aus", warf Kramer ein. „Laut Hausmeister waren alle Fenster geschlossen, und Kretschmers Redaktionsschlüssel haben wir am Bund in seiner Hosentasche gefunden."

Fleißiger Kramer. Also einer von Kretschmers Kollegen. Stahnke wandte sich wieder an die Lokalredakteurin: „Frau Winkler, wie war denn Kretschmers Verhältnis zu den anderen Redaktionsmitgliedern? Gab es da Spannungen, Rivalitäten, vielleicht sogar Feindschaften?"

Die Rotblonde zuckte die Schultern: „Eigentlich war der Thomas ziemlich beliebt. Feinde hatte er hier bestimmt nicht, so nett und höflich, wie er immer war." Sie runzelte die Stirn: „Spannungen gibt's natürlich immer irgendwie, nicht wahr. Ich weiß, dass die Typen aus der Reportage nicht gut auf ihn zu sprechen waren. Aber das war purer Neid. Diese Reporter halten sich ja für die absoluten Edelfedern, und auf die Sportler und die Lokalen gucken sie verächtlich herab, das ist in jeder Zeitung so, nicht nur bei uns. Na, und was die Schreibe angeht, gab es bei uns in Wahrheit keinen besseren als den Thomas. Das hat die Reporter-Schnösel ganz schön gewurmt." Einen Augenblick lang strahlte Antje Winkler; die Frage, wem ihre Sympathien in dieser Angelegenheit gegolten hatten, erübrigte sich. Schnell aber wurde das Gesicht der jungen Frau wieder ernst. „Armer Thomas."

Neid auf fähigere Kollegen – so etwas gab es wohl in jedem Betrieb, auch bei der Polizei. Das alleine aber war noch kein

Mordmotiv. „Standen in der Redaktion eigentlich personelle Veränderungen an? Oder hat es kürzlich welche gegeben? Versetzungen, Beförderungen vielleicht?"

Antje Winkler kniff die Augen zusammen und schüttelte den Kopf. Offenbar hatte sie begriffen, worauf Stahnke hinaus wollte. „Thomas hatte keinerlei Karriere-Ambitionen. Er wollte kein Chef werden. Wollte genau den Job machen, den er machte. Beneidenswert." Wieder verdüsterte sich ihr Blick.

Stahnke schaute Kramer an; der schaute ausdruckslos zurück. Einen pflegeleichteren Kollegen als Thomas Kretschmer schien es niemals irgendwo gegeben zu haben. Jedenfalls, soweit es die Redaktion, den eigenen Betrieb betraf. Nach außen dagegen, in seinen Artikeln, war Kretschmer durchaus scharf und spitz gewesen – ganz so wie die Messerklinge, die sein Leben vorzeitig beendet hatte. Wenn es also Feinde gab, so konnten sie nur von außen kommen. Aber genau das, nämlich von außen kommen, konnte der Täter ganz offensichtlich nicht. Wegen der verschlossenen Tür. Da biss sich doch die Katze in den Schwanz.

Eine laute Stimme ertönte plötzlich, ohne dass irgendjemand zu sehen gewesen wäre. Der Redaktionsflur war lang, so lang wie das gesamte Zeitungsgebäude, nur unterbrochen vom Treppenhaus, das ihn in der Mitte teilte. Die Glastüren standen offen. Die schallende Männerstimme musste ganz vom anderen Ende herübertönen. Ein beachtliches Organ.

Antje Winkler verdrehte die Augen. „Der schon wieder!", stöhnte sie. „Sonst kommt der Proll doch nie so früh. Hat wohl gerochen, dass es hier etwas zu schnüffeln und zu tratschen gibt."

„Proll?" Kramer zückte seinen Stift.

„Eigentlich heißt er Prollwitz", sagte Antje Winkler. „Aber wir nennen ihn alle nur den Proll. Ein nerviger Typ. Genau das Gegenteil von Thomas Kretschmer. Wenn der hier …" Erschrocken schlug sie sich die Hände vor den Mund.

„Wenn der hier was?", hakte Stahnke nach. „Nur keine falsche Scheu, erzählen Sie."

Die Rotblonde ließ sich nicht lange bitten, viel zu groß schien der Mitteilungsdrang zu sein. „Na ja, also wenn der Proll hier liegen würde mit einem Messer in der Brust, dann hätte ich mich nicht gewundert. Keiner hätte das. Jeder, der mit dem zusammenarbeiten muss, bekommt früher oder später automatisch Mordgedanken."

„Was ist denn so schlimm an dem?", fragte Stahnke. „Laut ist er, na schön, aber sind andere das nicht auch?"

„Wenn's nur das wäre! Der Proll ist nicht nur laut, der ist vor allem aufdringlich. Der quatscht einem die Ohren ab, ganz egal, ob man vielleicht gerade etwas Dringendes zu erledigen hat oder nicht, und bläst einem dabei seine Cappuccino-Fahne ins Gesicht. Das Zeug holt er sich nämlich andauernd aus dem Automaten hier. Und er zieht natürlich am liebsten über Kollegen her. Den wird man nicht los, wenn der sich einmal an einem festgelabert hat, da kann man so deutlich werden wie man will, der reagiert einfach nicht. Thomas hatte besonders unter ihm zu leiden, er braucht halt seine Konzentration, wenn er schreibt. Ein oder zwei Mal hat er ihn regelrecht rausgeschmissen."

„Ach", unterbrach Stahnke. „Dann kann es also sein, dass der Prollwitz einen Groll gegen Kretschmer hegte?"

Antje Winkler lachte: „Ach was, so etwas merkt der doch überhaupt nicht! Wenn Sie mal nach dem Gegenteil von Sensibilität suchen, dann nehmen Sie den Proll. Der Mann ist gegen alles immun. Der hat Hornhaut auf der Seele. Wenn er überhaupt eine Seele hat."

Die schnarrende Männerstimme war während des Gesprächs keinen Augenblick lang verstummt. Jetzt wurde sie plötzlich lauter. Ein kleiner, bulliger Mann war auf dem Gang erschienen und näherte sich mit schnellen Schritten, den Kopf mit der Halbglatze vorgereckt. Dass er seinen Gesprächspartner hatte zurücklassen müssen, schien ihm nichts auszumachen, wohl weil ihn am anderen Ende des Flurs ja neue erwarteten. Die Worte, die der Mann immer noch pausenlos ausstieß, ergaben für Stahnke keinen Sinn; offenbar waren es Fetzen der just abgebrochenen Unterhaltung, die er unermüdlich wiederholte, um die Pause bis zur nächsten zu überbrücken. Sein Blick war ebenso unstet wie sein Gang übertrieben fest; Stahnke bereitete sich auf einen unangenehmen Wortwechsel vor.

Unmittelbar vor ihm aber schlug der bullige Mann plötzlich einen Haken, umkurvte auch Kramer und stürmte auf die Teeküche zu. Ehe die beiden Polizisten reagieren konnten, hatte Prollwitz die Tür erreicht und ließ sie mit einem wuchtigen Stoß seiner flachen Hand aufplatzen. Das Türblatt verfehlte die Leiche nur knapp und schlug krachend an die Innenwand.

„Sind Sie wahnsinnig", brüllte Stahnke. „Verschwinden Sie hier, das ist ein Tatort!"

Kramer sagte gar nichts, sondern machte einen schnellen Schritt, packte den vorwitzigen Burschen am Kragen und riss ihn zurück. Eine Behandlung, die Prollwitz weiter nichts auszumachen schien. Er hatte gesehen, was er sehen wollte, und machte sich bereits auf den Rückweg. „He, Becker, du Lappen", brüllte er durch den Korridor, „das ist dein Messer, das der Kretschmer da in der Brust hat! Das Ding, das du Weihnachten hier vergessen hast, damals, als wir deinen Stollen gegessen haben. War ja staubtrocken, das Zeug!" Mit jedem Schritt schallte seine Stimme ein bisschen leiser, und Stahnke stellte fest, dass er dafür dankbar war.

„Zum Glück sind ja nicht alle so", nahm Antje Winkler ihren Berufsstand in Schutz.

Stahnke ging darauf nicht weiter ein, hatte die Worte tatsächlich gar nicht wahrgenommen. „Sagen Sie, welchen Job macht denn der Prollwitz hier?", fragte cr die Lokalredakteurin. Kramer, der die Teeküche3ntür wieder zugezogen hatte, horchte auf; in der Stimme seines Chefs schwang wieder einmal dieser gewisse Ton mit.

„Umbruchredakteur", sagte die Rotblonde. „Er kontrolliert jede redaktionelle Seite, die von der Abteilung Druckvorstufe verarbeitet worden ist, ehe die eigentliche Druckplatte angefertigt wird. Darum fängt er gewöhnlich auch erst mittags an, weil er ja jeden Abend bis 23 Uhr bleiben muss. Gott sei Dank, so muss man ihn wenigstens nicht den ganzen Tag lang ertragen."

„Dann müsste er ja gestern Abend zur Tatzeit hier im Haus gewesen sein", stellte Kramer fest. Typisch für ihn, dass ihn selbst solch eine Nachricht nicht aus der Fassung brachte.

„Tatzeit? Ach, Sie meinen …" Antje Winkler stutzte und begriff. Dann schüttelte sie den Kopf. „Nein, also wirklich nicht. So blöd wie der ist, aber einen Mord – nee. Jedenfalls nicht, wenn dabei nichts für ihn zu holen ist. Und da sehe ich nichts."

Stahnke nickte zerstreut, schien mit seinen Gedanken schon wieder woanders zu sein. „Noch einmal zu Kretschmer. Schreiben konnte er ja, da sind wir uns einig. Aber wie war er denn sonst so, ich meine, in den alltäglichen Dingen, wie hat er sich da angestellt? Ein patenter Mensch?“

Antje Winkler lächelte; es sah nachsichtig aus. „Ach wissen Sie, der Thomas hat so viel Talent zum Schreiben mitbekommen, da war für andere Dinge wohl nichts mehr übrig. Der hat nicht einmal eine Flasche aufschrauben können, ohne sich zu bekleckern. Zwei linke Hände, sage ich nur. Total paddelig. Aber ihm konnte man's ja nicht übel nehmen, nett wie er war.“

„Danke, Frau Winkler“, sagte Stahnke. „Sie haben uns sehr geholfen.“ Etwas verwirrt ging die Rotblonde davon, den Korridor entlang, dorthin, wo Prollwitz' schnarrendes Organ nach wie vor dröhnte.

„Und?“ Kramer zeigte Anzeichen von Ungeduld – unglaublich.

Stahnke verschränkte die Arme hinter dem Rücken und wippte auf den Fußballen. „Wir haben den Mörder“, sagte er und wies mit dem Kopf in Richtung Teeküche. „Da drinnen liegt er.“

„Kretschmer selbst?“ Kramer zog die Mundwinkel herab. „Selbstmord? Mit einem Küchenmesser? Also ich weiß nicht …“

„Natürlich nicht“, korrigierte Stahnke. „Kretschmer hat genau genommen auch keinen Mord begangen, sondern einen Mordversuch.“

„Und an wem?“

„Dieser Kretschmer“, sagte Stahnke, „war ein erstklassiger Schreiber. Seine Texte bedeuteten ihm etwas, sehr viel sogar, nicht zuletzt deshalb, weil sie das Einzige waren, worauf er sich etwas einbilden konnte. Die waren nicht einfach so hingeschmiert, die waren komponiert. Selbst unter Zeitdruck. Ich habe einige seiner aktuellen Berichte gelesen – erste Sahne, auch wenn er kaum mehr als eine halbe Stunde Zeit für hundert Zeilen hatte. So etwas erfordert natürlich volle Konzentration.“

Kramer nickte langsam; ihm dämmerte etwas. „Und wenn Kretschmer eins nicht gebrauchen konnte bei seiner Arbeit“, sagte er langsam, „dann war das …“

„Penetrante Störung, genau“, fuhr Stahnke fort. „Und dieser Proll, vielmehr Prollwitz, muss ihn mehr gestört haben, als selbst ein friedfertiges Schaf wie Kretschmer ertragen konnte. Schließlich sind Sportreporter praktisch die Einzigen, die neben dem Umbruchredakteur nach 22 Uhr noch hier oben sind. Und da Prollwitz offenbar ständig einen Gesprächspartner braucht, bekam Kretschmer regelmäßig den ganzen Segen ab."

„Bis es dann reichte", ergänzte Kramer. „Zum Beispiel gestern Abend, als wieder einmal ein später Spielbericht zu schreiben war. Na gut. Kretschmer griff also zum Messer – und dann? Kam Prollwitz ihm zuvor?"

Stahnkes Handy unterbrach die Unterhaltung mit dem Darth-Vader-Motiv. Das kriminaltechnische Labor. Der Hauptkommissar lauschte schweigend, bedankte sich dann und schaltete aus. „Auf dem Messergriff sind Kretschmers eigene Fingerabdrücke", berichtete er. „Und zwar ausschließlich."

„Und das heißt?"

„Dass es so war, wie ich's mir dachte", sagte Stahnke. „Kretschmer schreibt unter Stress, Prollwitz nervt und stört ihn. Kretschmer geht in die Technik, stellt fest, dass er mit seiner Arbeit unzufrieden ist, kann aber nichts mehr ändern, weil keine Zeit mehr ist. Wütend läuft er nach oben, geht in die Teeküche und greift sich ein scharfes Messer. Da hört er Prollwitz über den Gang kommen, der sich vermutlich wieder einmal einen Cappuccino holen will, und versteckt sich hinter der Tür, um ihm aufzulauern."

Kramer nickte. „Ja, so weit klar. Aber dann?"

Statt einer Antwort streckte Stahnke den Kopf vor, ging mit schnellen Schritten auf die Tür zu und ließ sie mit einem wuchtigen Stoß seiner flachen Hand aufplatzen. Das Türblatt schlug krachend an die Innenwand.

„Dort stand Kretschmer", sagte Stahnke. „Die Hand am Messergriff, das Messer in Stoßhaltung. Und weil er so paddelig war, zeigte die Spitze in diesem Moment vermutlich auf seinen eigenen Körper."

„So dass die Tür ihm die Klinge in die Brust getrieben hat." Trotzdem schien Kramer noch nicht ganz überzeugt: „Aber dann müsste Prollwitz das doch mitbekommen haben. Warum hat der denn nichts gesagt, wenn es doch ein Unfall war?"

Stahnke zeigte auf den Kaffeeautomaten. Bei „Cappuccino" leuchtete ein rotes Lämpchen. „Sein Lieblingsgetränk war nicht vorrätig", sagte er. „Prollwitz hat die Tür aufgestoßen, das rote Lämpchen gesehen, auf dem Absatz kehrtgemacht und ist davongestapft, noch ehe der Kretschmer umfallen konnte."

„Dann müsste der Sportredakteur aber ohne einen Laut gestorben sein“, sagte Kramer.

„Durchaus möglich“, erwiderte Stahnke. „Passen würde es zu ihm.“

Dann klatschte der Hauptkommissar kräftig in die Hände: „So. Und jetzt schnappen Sie sich den Prollwitz, verpassen Sie ihm einen netten Handschmuck und buchten ihn ein.“

„Aber wieso das denn? Er hat es doch völlig unabsichtlich getan!“

„Na klar“, sagte Stahnke. „Er kommt ja auch nach vierundzwanzig Stunden wieder raus. Aber schaden wird ihm das nichts – und seine Kollegen haben wenigstens mal einen Tag Ruhe.“

Seite an Seite verließen sie den Raum. Der Kaffeeautomat gluckste leise. Sein rotes Lämpchen schien zu blinzeln.

Drei Brüder

Die Ziegelmauer war rau, so rau, dass Handflächen und Wange schmerzten, als er langsam daran herunterrutschte. Rote Flüssigkeit sickerte ihm in die Augen, und er legte den Kopf in den Nacken, folgte mit dem Blick der dunklen, feuchten Spur am Mauerwerk, die nach oben zu weisen schien, dorthin, wo über dem schwarzen Schacht des Innenhofs ein sternenlöchriger Deckel aus dunkelblauem Nachthimmel lag. Wie der Eingang vom Tunnel ins Nichts, dachte er, während er auf die Knie sank. Oder der Ausgang? Der geheime Gang, durch den das Nichts in die Welt kam, immer nur nachts, um sie nach und nach aufzulösen, auszulöschen. Da war Wind, der ihm von oben her in die brennenden Augen fuhr, ganz plötzlich und unangenehm kalt. Von dort? Der Luftzug kreiselte im Karree der Mauern, ließ eingesperrte trockene Blätter raschelnd tanzen, zupfte an seiner Jacke, auffordernd, einladend. Dorthin? Zog es ihn an, sog es ihn ein? Hatte er es bemerkt, hatte es ihn bemerkt, hatte es bemerkt, dass er bemerkt hatte, aber was, was? „Aber nein", stöhnte er, mehr beschwichtigend als ängstlich. Das half. Vorsichtig stemmte er die Füße auf den Boden, erst den rechten, dann den linken, stand langsam auf, stand, ohne erneut das Bewusstsein zu verlieren. Ganz automatisch wischte er sich über die Augen, betrachtete seine Handfläche. Sie war rot, aber das war kein Blut, überraschenderweise. „Wein", murmelte er.

Sein Hinterkopf fühlte sich an wie eine pulsierende Blase aus glühender Lava, und er stellte sich vor, wie ihm das Gehirn durch diesen Brei hindurch auf den Anzug rutschte. Der Kerl musste eine Flasche auf seinem Schädel zertrümmert haben, eine volle. Ob er noch da war?

Er atmete tief ein, unterdrückte den Hustenreiz und horchte auf das Rasseln in seinen Bronchien. Im selben Moment klappte hinter ihm eine Tür. Unwillkürlich zog er den Kopf zwischen die Schultern, in Erwartung eines weiteren Schlages, eine Bewegung, die den Schmerz neu aufwallen ließ und ihn beinahe genauso betäubt hätte wie ein erneuter Hieb mit einer Weinflasche. Hinter ihm aber war niemand, da war nur eine Tür offen.

Vorsichtig drehte er sich um, schob die Schuhsohlen über das unebene Pflaster des Hofes, um nicht in der Dunkelheit zu straucheln und zu stürzen. Die unverschlossene Tür pendelte erneut im Luftzug und verriet ihm die Richtung. Er bekam die Klinke zu fassen und betrat einen schmalen Gang, in dem es durchdringend roch. War hier frisch lackiert? Das war ihm vorhin gar nicht aufgefallen.

Möglicherweise waren es aber auch gar keine Lösungsmittel, die er hier roch, sondern Alkohol. Dies hier war der Gang zum Lager, und dort musste etwas zu Bruch gegangen sein. Mehr als nur eine Flasche Wein. Er tastete über den Putz, bis er den Lichtschalter fand, einen dieser altmodischen zum Drehen. Er drehte.

Unter seinen Füßen spürte er einen dumpfen Schlag, dann einen zweiten gleich hinterher. Hörte es grollen wie von weit entfernten, gedämpften Kanonen. Dann wurde es hell.

Seine Lippen formten sich zu einem „o“, und ehe er noch „Scheiße“ sagen und die geblendeten Augen schließen konnte, rollte es auf ihn zu, gelb und gleißend, wie damals, als er und seine beiden Brüder Vaters alte Lötlampe ausprobieren wollten und ihm die wulstige Feuerzunge plötzlich übers Gesicht geleckt hatte. Nur ungleich größer. Und heißer. Und von allen Seiten.

*

Das Brennen wurde stärker, hatte schon den ganzen Leib erfasst und stieg jetzt hoch bis zur Kehle, nahm ihm den Atem. Er krümmte sich, röchelte, schluckte krampfhaft, schnappte nach Luft. Lodernde Flammen in seinem Magen, glühende Lava in seiner Kehle, dumpfe Detonationen in seinem Kopf. Sein Herz raste in Panik. Er warf sich herum, spürte stechenden Schmerz in beiden Seiten, stöhnte auf, rieb sich die verklebten Augen und tastete nach dem Lichtschalter. Lautes Poltern verriet ihm, dass er die Wasserflasche umgeworfen hatte. Zweimal entwischte ihm das glatte Ding, dann hatte er die Flasche zu fassen, schraubte sie mit prickelnden Fingern auf, setzte sie gierig an – ein Tropfen nur, sie war leer. Durch sein Husten und Räuspern hindurch konnte er selbst nicht verstehen, was er da fluchte.

Hauptkommissar Stahnke richtete sich mühsam auf, erhob sich, streifte den Bademantel über und schlurfte ins Bad. Ein feuchter, leicht modriger Geruch erinnerte ihn daran, dass einige seiner in Gebrauch befindlichen Handtücher ein kaum geringeres Dienstalter hatten als er. Ächzend hockte er sich auf die Kloschüssel.

Während er pinkelte, bahnten sich saure Rülpser ihren schmerzhaften Weg nach oben und ins Freie. Es gab Augenblicke, da war er heilfroh, wieder allein zu leben. An der Wand neben der Tür hing ein kleiner Frisierspiegel, der noch von Katharina stammte. Ein Blick hinein bestätigte seine erste Diagnose. Er fühlte sich nicht nur wie ein Wrack, er sah auch so aus.

Stahnke spülte, beugte sich dann übers Waschbecken, ließ kaltes Wasser in die hohle Hand laufen und trank. Es war, als wasche er offene Wunden, und wieder begann sein Magen zu toben. Manchmal sehnte er sich direkt danach, sich zu übergeben, sich inwendig zu reinigen. Er erinnerte sich, dass es Religionen gab, die das Kotzen zum Lebensprinzip erklärt hatten. Sein Körper aber tat ihm nicht den Gefallen, der behielt alles bei sich und machte Fett und Schmerzen daraus. Und für den Finger im Hals war er einfach zu feige.

Er richtete sich auf, stemmte die Hände auf den Waschbeckenrand und näherte sein Gesicht dem schlierigen Badspiegel. Ein rötlich-graues, aufgeschwemmtes Gesicht mit grober Haut, tiefrot geränderten Augen mit dunklen Schatten darunter, kurzen, weißblonden Haaren über einer schuppig-rauen Stirn, einer rotschekkigen, nicht gerade zierlichen Nase und einem leuchtenden Pickel zwischen den Bartstoppeln am runden Kinn. „Hauptkommissar Stahnke, Mordkommission“, sagte er und lachte, womit er einen Hustenanfall auslöste, der seine wasserblauen Augen vollends in pralle, rotweiß gemusterte Kissen bettete.

Während die Kaffeemaschine vor sich hin prustete, löste Stahnke schnell den ersten Fall des Tages. Tatwaffe: Zweieinhalb Flaschen Bardolino, aus dem Supermarkt, Stückpreis zweiachtunddreißig. Tathergang: Totalkonsum trotz Warnung des Kollegen Kramer („Der ätzt Ihnen die Magenwände weg!“). Tatbestand: Körperverletzung in Tateinheit mit Zersetzung der höchstpersönlichen Wehrkraft. Täter: Stahnke. „Festnehmen und wegschließen, das wäre das Beste“, knurrte der Hauptkommissar, während er die leeren Flaschen in den Altglas-Eimer gleiten ließ. Das größte Modell, das es zu kaufen gab. Auch schon wieder fast voll.

Das Telefon klingelte, und Stahnke wusste schon vor dem Abheben, dass es sein Assistent war. „Der Supermarkt in Ihrer Straße“, sagte Kramer. „Abgebrannt, letzte Nacht. Haben Sie's nicht mitgekriegt?“

„Nein“, sagte Stahnke. „Geschieht ihm recht, außerdem.“ Der Laden war weder billig noch gut sortiert, und muffigeres Personal gab es vermutlich nirgends in der Stadt. Trotzdem hatte Stahnke schon so lange dort eingekauft, dass ihm jetzt auf Anhieb gar nicht einfallen wollte, wo der nächstgelegene Supermarkt war. Macht der schlechten Gewohnheit.

Der Laden gehörte drei Brüdern. Der eine war Schlachter, der zweite Bäcker und der dritte Weinfachmann. Angeblich waren sie sich untereinander spinnefeind. Kaufmann war keiner von ihnen, allenfalls auf dem Papier. Den Fleischstand hatte Stahnke als reichlich unappetitlich in Erinnerung und die Backwarenabteilung als sehr armselig. Die Weinregale aber waren noch das Beste an dem ganzen Laden gewesen. Den Bardolino hätte er wirklich nicht kaufen müssen.

„Und?“, fragte Stahnke.

„Brandstiftung“, sagte Kramer. „Versuchter Versicherungsbetrug. Und es hat einen Toten gegeben.“

Stahnke antwortete nicht, weil er vollauf damit beschäftigt war, einen Rülpser zu unterdrücken, der im Falle eines Ausbruchs wohl den kollegialen Kontakt zu Kramer beendet hätte. Der Mann war tüchtig, unverschämt tüchtig sogar. Warum Kramer trotzdem nicht einmal den Versuch unternahm, auf der Karriereleiter an ihm vorbeizuklettern, war ihm schleierhaft. Zumal doch gerade jetzt ein guter Zeitpunkt dafür gewesen wäre.

„Der Tote ist einer der drei Besitzer“, fuhr Kramer fort. „Der Schlachter.“

„Verbrannt?“, fragte Stahnke. Bis auf ein leicht zischelndes Nebengeräusch, das an brutzelndes Fett erinnerte, brachte er das Wort ganz annehmbar heraus.

„Ja“, antwortete Kramer. „Aber vorher hat man ihm noch den Schädel eingeschlagen. Von hinten. Mit einer Weinflasche.“

„Aha“, sagte Stahnke. Etwa Brudermord? Nach dem Hinweis mit dem Versicherungsbetrug lag das nahe. Ha, Wein-Bruder! Vielleicht sollte er sich wirklich mal selber in Gewahrsam nehmen.

„Kramer, Ihnen ist doch hoffentlich klar, dass ich heute frei habe“, sagte Stahnke.

„Ja.“ Nichts weiter. Typisch Kramer. Stahnke seufzte, und diesmal entwischte ihm doch ein Rülpser, allerdings kein markerschütternder. Schnell fragte er: „Gibt es schon ein Geständnis?“

„Ein Teilgeständnis. Der Bäcker und der Wein-Bruder haben die Brandstiftung zugegeben. Der Laden lief schlecht, ein ‘warmer Abbruch’ auf Versicherungskosten schien ihnen die einzige Rettung zu sein. Der Schlachter aber wollte dabei nicht mitmachen. Die beiden anderen sagen, er sei schon immer etwas komisch gewesen.“

Er hätte eben kein Hackfleisch aus eigener Produktion essen sollen, dachte Stahnke. „Inwiefern komisch?“

„Na ja, er soll an Ufos geglaubt haben. Und an Seelenwanderung.“

Stahnke lehnte sich zurück und betastete seinen geschwollenen Bauch. Die Lage der Leber war unangenehm deutlich zu spüren. „Unglaublich“, sagte er. „Ein esoterischer Schlachter. Aber wer hat denn nun seine Seele auf die große Wanderung geschickt?“

„Auf jeden Fall einer seiner beiden Brüder“, erwiderte Kramer. „Sie haben unmittelbar vor der Tat zusammen im Kontor gesessen und gestritten. Danach haben die beiden überlebenden Brüder literweise Lösungsmittel aus der Farben-Abteilung ausgekippt und angesteckt. Gemeinsam. Das geben sie zu. Was aber den Schlag mit der Weinflasche angeht – in diesem Punkt beschuldigen sie sich gegenseitig.“

„Saubere Brüder.“ Stahnke konnte sich gut an die drei erinnern, schließlich war er ihnen oft genug im Laden begegnet. Der Schlachter-Bruder war der Jüngste des Trios gewesen, hatte aber mit seinem bleichen, schlaffen Gesicht wie der Älteste ausgesehen. Er hatte auf abweisende Art verträumt gewirkt, so dass man ihn kaum ansprechen mochte, und seinen weißen, faltigen Händen mit den langen, schmalen Fingern hatte man kaum zugetraut, ein Hackmesser wirkungsvoll zu führen. Ganz anders der Bäcker-Bruder: Klein, rundlich, lebhaft. Dunkle kleine Korinthenaugen in einem braunen Lebkuchengesicht, meist ein cleveres Grinsen um die Lippen, Marke bauernschlau. Aber ganz offensichtlich ebenso wenig wie sein Bruder in der Lage, einen Supermarkt ordentlich zu leiten. Mehr als einmal hatte sich Stahnke dort schimmeliges Brot andrehen lassen. Wie oft hatte er sich eigentlich darüber beschwert? Nie. Mit ihm konnte man es offenbar machen. Aber sicher nicht mit jedem.

Der dritte Bruder war ganz anders. Zurückhaltend, gelassen, höflich; seine rotgeäderten Wangen strahlten Kompetenz aus. Stahnke hatte sich mehrmals von ihm beraten lassen, und die Weine, die der Mann ihm empfohlen hatte, waren ihr Geld wert gewesen. Eine Menge Geld, zugegeben; dieser Bordeaux neulich, ein 96er Baron Philippe de Rothschild, über neun Euro die Flasche. Geschmeckt aber hatte der erstklassig, erdig und würzig, und vor allem war er ihm nicht auf den Magen geschlagen.

Den blöden Bardolino hatte Stahnke fast heimlich gekauft, um seinen Ruf als Weinkenner nicht zu gefährden. Aber schließlich waren seine finanziellen Möglichkeiten begrenzt. Ganz im Gegensatz zu seinem Durst in letzter Zeit.

„Wo ist es denn passiert?", fragte Stahnke. „Im Kontor?"

„Ja", antwortete Kramer. „Das Opfer hat sich danach noch über den Innenhof bis ins Lagerhaus geschleppt. Jeder der beiden Verdächtigen gibt an, das Kontor als Erster verlassen zu haben. Der jeweils andere Bruder sei wenig später nachgekommen und habe behauptet, der Schlachter hätte seinen Widerstand aufgegeben und sei nach Hause gegangen. Danach haben die beiden dann gemeinsam das Feuer gelegt."

„Und der Schlachter ist mitsamt dem Laden verbrannt", ergänzte Stahnke. „Was meinen Sie: Im Affekt niedergeschlagen?"

„Weiß nicht", sagte Kramer. „Von hinten und gezielt, das sieht mir eher wohlüberlegt aus. Heimtückisch."

„Was war das denn für eine Flasche", fragte Stahnke. Nachdenklich massierte er sich die Magengegend. „Ich meine die Tatwaffe. Was für eine Sorte Wein?"

Kramer wäre nicht Kramer gewesen, wenn ihn diese Frage überrascht hätte. „Rotwein. Ein Bordeaux, Baron Philippe de Rothschild. Jahrgang 1996."

„Ach." Stahnke richtete sich auf. „Standen denn da im Kontor mehrere Flaschen herum? Oder nur diese eine?"

„Diese und noch eine weitere", sagte Kramer. „Die drei wollten über ein neues Sonderangebot entscheiden. Zwei Sorten standen zur Auswahl. Die andere war ein – warten Sie …" Es raschelte, Kramer blätterte in seinen Notizen. Stahnke erhob sich. „Da steht es", sagte Kramer. „Ein Bardolino, und zwar …"

„Passen Sie auf", sagte Stahnke. „Der Bäcker war's. Sagen Sie es ihm auf den Kopf zu. Der klappt nach zwei, drei Stunden zusammen, darauf wette ich."

„Aha", sagte Kramer. „Und warum?"

„Heute habe ich frei", sagte Stahnke. „Ich erklär's Ihnen morgen. Aber bis dahin kommen Sie sicher selber drauf."

Er legte auf, reckte sich ausgiebig und stellte erfreut fest, dass er Appetit bekommen hatte. Auf Brötchen. Aber wo sollte er jetzt welche herbekommen?

Unter der Dusche fiel ihm der Bordeaux wieder ein. Wirklich ein sagenhaftes Getränk. Leider etwas teuer.

Ob der Brand wohl die Weinabteilung verschont hatte?

Spökenkieker

Alles Gute zum Fünfzigsten!" Die Kollegen vom dritten K drängten herein wie zu einer Razzia, streckten ihm ihre Pratzen entgegen, während ihre Blicke schon zum Aktenschrank an der Längswand irrten. Das Mett-Massiv neben dem Brötchenberg und dem Käse-Plateau inmitten der dichten Salzstangen-Gehölze sah vielversprechend aus, und sie mussten sich zusammennehmen, um das Geburtstagskind nicht aus dem Weg zu rempeln. Umweltdelikte schienen hungrig zu machen, sehr, sehr hungrig. Stahnke seufzte und trat beiseite.

Ein Sektkorken knallte, flog und hoppelte als ermattender Querschläger über seinen Schreibtisch. Schaum kleckerte auf den Boden, verdeckt zwar von dicht an dicht stehenden Kollegenkörpern, aber Stahnke wurde schon vom Klang ganz klebrig zu Mute. Avanti Spumanti, Dilettanti.

„He, Vorsicht mit dem Salz!" Natürlich, Möller zwo hatte den Salzstreuer wieder wie einen Rasensprenger eingesetzt, und das direkt unter Ingeborg Schlössers Augen. „Nun schau dir das doch mal an!" Stahnke sah nichts außer einer geschlossenen Reihe unterschiedlich hoher, dicker und behaarter Köpfe, deren unregelmäßige Wölbungen mit dem braunen Blasenmuster auf der verschossenen Tapete korrespondierten.

„Mein Gott, ich mach's ja wieder weg." Möller zwo griente friedfertig auf Ingeborg herab und wischte mit mächtiger Pranke das verstreute Salz vom halbhohen Schrank, der wie immer an Stahnkes Ehrentagen als Büffet herhalten musste. Die Körner verursachten ein prickelndes Geräusch auf dem Linoleum. Es klang wie weit entfernter, feiner Hagel. Stahnke stellte sich die Körnchen unter seinen Schuhsohlen vor und erschauderte.

Ingeborgs Stimme klang nach Gewitter. „Wie kann man nur! Salz verschütten bringt Unglück, das weiß doch jeder. Da muss man doch …" Sie wischte ein paar der verbliebenen Körner zusammen, klaubte sie auf und warf sie sich rücklings über die Schulter. Stahnke, der gerade hinter sie getreten war, um sich das Streitgespräch nicht entgehen zu lassen, bekam die Ladung aufs Revers.

„Über seine Schulter hättest du werfen müssen, nicht über deine." Er hob den Salzstreuer: „Noch mal?"

Ingeborg warf ihm einen gepfefferten Blick zu und wandte sich ab. Nein, verziehen hatte sie ihm immer noch nicht, eindeutig. Verflixte Büro-Affären.

Wieder öffnete sich die Bürotür. Der große Chef, Kriminaldirektor Manninga, gefolgt von der blassblonden jungen Kollegin, deren Namen Stahnke noch immer nicht wusste. Manninga war ein umgänglicher Mensch hart an der Pensionsgrenze mit großväterlichem Gebaren. Alle mochten ihn. „Stahnke, auch schon wieder ein Jahr älter. Alles Gute, mein Bester." Er streckte ihm einen Satz nikotingelber Finger hin. Im selben Augenblick reichte Ingeborg der Neuen die Hand; ihr Unterarm überkreuzte sich mit Manningas. Mit einem erstickten Schrei riss Ingeborg ihren Arm zurück. Die Blassblonde zuckte zusammen.

Manninga lächelte milde. „Ach ja richtig, Arme über Kreuz bringt Unglück, nicht wahr?" Er zwinkerte Stahnke zu. „Früher hieß es dann: Jetzt stirbt wieder irgendwo ein Jude."

„Na, dann muss das ja ein einziges Händegeschüttel gewesen sein in Deutschland vor '45", ließ sich Möller zwo vernehmen. Kaum jemand verstand ihn, da er sich mit einem halben Mettbrötchen wirkungsvoll geknebelt hatte. Ingeborg und Manninga blickten ihn strafend an. Stahnke ärgerte sich, dass er sich nicht zu lachen traute. Schließlich war der Spruch nicht schlecht.

Ein Schwall frischer Luft signalisierte, dass wieder jemand hereingekommen war. Aha, Kramer. Der schmale Mann mit dem ausdruckslosen Gesicht drängelte sich zur Garderobe durch und hängte seinen Mantel ordentlich auf einen Bügel, ehe er sich Stahnke zuwandte. „Tag, Chef. Volles Haus, was? Na, gratuliert habe ich Ihnen ja gestern schon."

„Waaas?" Ingeborgs dunkelblonde Pilzkopf-Frisur schien sich nach allen Seiten zu sträuben. „Aber das darf man doch auf keinen Fall, wussten Sie das nicht? Das bringt doch Unglück. Wie kann man nur!"

Der schrille Ausruf hatte sämtliche anderen Gespräche von einer Sekunde zur anderen gekappt. Alle im Raum wandten sich ihnen zu, bildeten einen dichten, schweigenden Ring um das Geburtstagskind und seinen Assistenten. Stahnke schluckte trocken, bekam das so überraschend entstandene Unbehagen aber nicht hinunter, sondern erzeugte nur ein hartes, würgendes Geräusch, das in der plötzlichen Stille stand wie hingemalt.

Im selben Augenblick brandete das Stimmengewirr wieder auf, lauter und heftiger als zuvor.

„Meinem Onkel ist das auch mal passiert, und dann hat er sich ein Bein …"

„Das ist fast so schlimm wie 'ne schwarze Katze, aber von rechts, das ist gefährlicher …"

„Gefährlich für die Katze, oder was?!"

„Schwarze Katze oder unter einer Leiter durch, wenn du da die Wahl hast, ich kann dir sagen …"

„Oder ein Spiegel. Ihr kennt doch die Sache …"

„… bei Flaute ausgelaufen, und was tut der Mensch? Pfeift auf dem Vordeck! Und keine Stunde später fängt es mit Stärke acht zu kacheln an, Mann o Mann!"

„Auf keinen Fall darf man bei Gewitter das Dachfenster offen lassen, davon bekommt man einen feuchten Keller."

„Und bei Vollmond niemals unter Eichen! Abends Eiche, morgens Leiche, so sagt man doch."

War das zu fassen? Stahnke musste sich zwingen, den Mund wieder zu schließen. Waren das etwa die Menschen, mit denen er seit Jahren zusammenarbeitete? Aufgeklärte, in Maßen gebildete Menschen, die örtliche Ordnungsmacht eines in Maßen demokratischen Staates, Individuen, die er stets für vernunftbegabt gehalten hatte, nun ja, in Maßen, aber immerhin? Und genau diese Menschen entpuppten sich plötzlich als abergläubisch. Samt und sonders, offenbar ohne Ausnahme. Schwarzer Magie zugänglich. Jeder Scharlatanerie aufgeschlossen. Hexenhörig. Spökenkiekerig. Unmöglich. Unglaublich. Um nicht zu sagen unheimlich.

Plappernde Münder flatterten rings um ihn herum, selbst Manninga wusste von bösen Vorzeichen und schlimmen Folgen zu berichten, und dass Ingeborgs Kiefer noch nicht ausgehakt waren, konnte schon als Wunder für sich gelten. Halt, Moment, was hatte er da gerade gedacht? Stahnke fuhr sich mit der Hand über die Stirn: Kalt und feucht wie eine Hundenase. Hatte das womöglich auch etwas zu bedeuten?

Kramer. Gott sei Dank, dass es wenigstens Kramer gab. Der beteiligte sich nicht am allgemeinen Dämonen-Diskurs, stimmte nicht ein in den Chor der Chimären, hielt sich heraus aus dieser Apokalypse der Albernheiten. Kramers Verstand war ebenso scharf wie diesseitig, und seiner Vernunft war weder mit Holzpflöcken noch mit Weihwasser beizukommen. Mit verschränkten Armen stand er vor Stahnke, nur halb so breit wie dieser und doch unverrückbar wie ein Fels, und schwieg. Auffordernd, so wie nur Kramer schweigen konnte. Offenbar wusste er etwas Neues. Stahnke entschloss sich, seinem Assistenten den Gefallen zu tun.

„Nun, Kramer, haben Sie etwas herausbekommen?" Stahnke musste fast schreien, um das allgemeine Gebrabbel zu übertönen.

Kramer lächelte. Man musste ihn schon gut kennen, um das zu sehen. Kein Zahn wurde freigelegt, kein Mundwinkel angehoben, aber da war etwas um seine Augen. Undefinierbar, aber eindeutig, wenn man es zu lesen verstand. Kramer war zufrieden.

„Ja."

Manninga hielt inne, bedeutete auch Ingeborg zu schweigen. Einer nach dem anderen wurden nun auch die nächststehenden Kollegen aufmerksam.

„Haben Sie ein Geständnis?"

„Ja."

Donnerwetter. Das musste ein hartes Stück Arbeit gewesen sein. Kein Wunder, dass Kramer zufrieden war.

„Und das Motiv?", fragte Stahnke.

Kramer schaute kurz in die Runde. Erneut erstarben die Gespräche. Einen Augenblick lang dröhnte Möller zwos Stimme noch durch die einsetzende Stille wie ein Nebelhorn: „... immer mit dem linken Fuß zuerst!", dann bekam auch er etwas mit und verstummte.

Kramer öffnete den Mund. Schloss ihn wieder, räusperte sich. Dann sagte er: „Aberglauben."

Vorher war es ruhig gewesen. Jetzt war es totenstill. Nur ein Salzkorn knirschte irgendwo unter einer Ledersohle.

„Erzählen Sie", sagte Stahnke. Es klang wie ein Krächzen, aber das schien niemandem aufzufallen.

Kramer blickte zweifelnd in die Runde; als aber Manninga bestätigend nickte und dazu ungeduldig mit den Händen wedelte, ließ Kramer seine Bedenken fallen.

„Es geht um den Fall Mechthild", sagte er. „Nur zur Erinnerung: Opfer Nummer eins war weiblich, achtunddreißig Jahre, vermögend. Todesursache: Schädelfraktur, hervorgerufen durch einen schweren Metallgegenstand, vermutlich einen sogenannten Schäkel."

„Mechthild wer?", fragte Möller zwo.

Kramer schüttelte den Kopf. „Kerstin, nicht Mechthild. Kerstin Biermann, geborene Scholl. Juniorchefin der Scholl-Kette. Farben, Lacke, Schiffsausrüstung und Bootszubehör, gibt es überall hier an der Küste."

„Und warum dann *Fall Mechthild*?" Möller zwo ließ nicht locker. Er war bekannt für seine Ausdauer. Dafür und für seinen Mundgeruch. Zwiebeln.

„*Mechthild* heißt das Schiff, auf dem es passiert ist", erklärte Kramer. „Sozusagen der Tatort. In doppelter Hinsicht, denn auch das zweite Opfer ist dort gestorben."

Stahnke nickte versonnen. Opfer Nummer zwei hieß Uke Tanner, vierundfünfzig, Prokurist bei Weise-Papier, drüben auf der anderen Seite der Ems. Er hatte dem jungen Biermann die *Mechthild* verkauft. Ein schönes Schiff, holländischer Traditionssegler, ein so genannter Schokker von fast zwölf Metern Länge. Aber dieser Biermann hatte ganz schön dafür bluten müssen. Stahnke hatte den Kaufvertrag unter den Papieren an Bord gefunden. Donnerlittchen, hatte Tanner kassiert. Aber dieser Biermann hatte es ja, dank seiner Frau, der seligen.

Stahnke hatte die Leiche selbst gesehen. Auch Fotos von der Frau. Eine Schönheit war sie nicht gewesen, auch zu Lebzeiten nicht, mit unzertrümmerter Hirnschale. Eine Liebesheirat war das wohl nicht gewesen. Für Stahnke lag der Fall klar. Albert Biermann, siebenundzwanzig Jahre, athletisch und gut aussehend, abgebrochener BWL-Student hart an der Grenze zur gescheiterten Existenz, hatte sich vor gut einem Jahr eine goldene Gans geschnappt. Und sie geschlachtet, als sich die Gelegenheit bot.

Auf solch eine Gelegenheit hatte Biermann nicht etwa gewartet, er hatte sie herbeigeführt. Stahnke kannte diese Traditionssegelschiffe gut, hatte selbst einmal solch ein Schiff besessen, wenn auch nicht ein so großes und teures. Diese Dinger wogen weit über zehn Tonnen, und alles an ihnen war groß und schwer. Die Segel, das Tauwerk, die Spieren, sämtliche Ausrüstungsgegenstände und Beschläge. Wer auf solch einem Schiff segelte, musste ständig auf der Hut sein. Jede Menge Chancen, sich etwas zu klemmen, zu quetschen oder zu brechen. Auch die Hirnschale, durchaus, keine Frage.

Die *Mechthild* hatte in Bingum gelegen, der Marina gegenüber von Leer. Biermann und seine Frau wollten nach Delfzijl, ein Nachmittags-Törn auf der Unterems, kein Problem mit diesem Schiff, trotz des neuerdings störenden Emssperrwerks, auch nicht bei Windstärke sechs. Anlass war der erste Hochzeitstag des ungleichen Paares; ein ganz kleines, ein zartes Jubiläum also, richtig romantisch in Szene gesetzt.

Aber dann hatte Biermann plötzlich Mayday gefunkt, völlig panisch und aufgelöst, und nach einem Arzt verlangt. Die Kollegen von der Wasserschutzpolizei waren von Emden aus schnell bei ihm gewesen, konnten aber nichts mehr tun. Kerstin Biermann, geborene Scholl, war bereits tot.

Die Fockschot habe sich bei einem Wendemanöver verhakt, hatte der junge Gatte ausgesagt. Seine Frau sei aufs Vorschiff gegangen, um das wild schlagende Vorsegel zu bändigen, und sei dabei von dem schweren Schäkel, mit dem die Fockschot angeschlagen war, am Kopf erwischt worden. Nicht schlecht ausgedacht.

Uke Tanner aber musste ihm draufgekommen sein. Geldgierig wie er war, hatte er weitere Einnahmen gewittert und sich den jungen, nunmehr schwerreichen Biermann vorgeknöpft. Nur richtig nachgedacht hatte er offenbar nicht. Denn auch Biermann musste ein geldgieriger, skrupelloser Mensch sein, und seine Hemmschwelle war durch den Mord an seiner Frau auf Bodenniveau abgesenkt. Also hatte er auch Tanner erledigt, als der ihn erpressen wollte. Wiederum an Bord der *Mechthild.* Diesmal mit einem hölzernen Drei-Rollen-Block, der zur Großschot gehörte. Dreimal hatte er zuschlagen müssen, ehe Tanners harter Schädel brach.

„Biermann hat den Mord an Tanner gestanden“, sagte Kramer.

Stahnke nickte. Das hatte er nicht anders erwartet.

„Er gibt Tanner die Schuld am Tod seiner Frau."

Das allerdings war eine Überraschung. „Wie soll denn das möglich gewesen sein?", fragte Stahnke. „Die beiden waren doch allein an Bord, als es passierte. Oder hat sich Tanner vielleicht in einer Backskiste versteckt gehalten?"

Kramer schüttelte milde das Haupt, unempfänglich wie immer für Stahnkes Späßchen. „Als Biermann die *Mechthild* kaufte, wollte er das Schiff umtaufen", sagte er. „Natürlich in *Kerstin*. Biermann liebte nämlich seine Frau. Ehrlich und innig, das sagt jeder, der ihn kennt."

„Bloß gut, dass er das nicht gemacht hat", sagte Stahnke. „Schiffe darf man nicht umtaufen. Es bringt Unglück, einem Schiff einen neuen Namen zu geben. Das weiß doch jeder." Der Hauptkommissar runzelte die Stirn. Warum hatte Ingeborg plötzlich wieder diesen überlegenen Gesichtsausdruck? Er hasste es, wenn sie so guckte und er nicht wusste, warum.

„Das hat Tanner ihm auch erzählt", sagte Kramer. „Und Biermann hat auch sofort von seinem Vorhaben abgelassen. Er ist nämlich ein extrem abergläubischer Mensch."

Jetzt grinste Ingeborg unverhohlen. Stahnke war irritiert. Aberglauben, na schön. Aber man taufte Schiffe eben nicht um, basta. Tat man es doch, passierte bestimmt irgendetwas, und der neue Name war dann der Grund. Das konnte man sich hier an der Küste einfach nicht erlauben.

„Also hat Biermann den alten Namen am Schiff gelassen, obwohl seine liebe Kerstin davon nicht eben begeistert war", erzählte Kramer weiter. „Dann passierte das Unglück. Biermann war verzweifelt, machte sich große Vorwürfe, seine Frau in dieser kritischen Situation aufs Vorschiff geschickt zu haben. Dabei konnte er doch gar nichts anderes tun, schließlich musste er ja achtern am Ruder bleiben. Als er dann gesehen habe, wie seine Kerstin an der vertörnten Schot riss und sich dabei rückwärts dem schlagenden Segel näherte, habe er sie warnen wollen und sie gerufen: *Kerstin*! Tja." Kramer machte eine Kunstpause: „Sie schaute hoch, und im selben Moment traf sie der Schäkel. Sie war sofort tot."

Wie anders das Schweigen plötzlich klang, dachte Stahnke. Wie von einer Trauergemeinde. Dann räusperte er sich und fragte: „Und was soll Tanner nun damit zu tun gehabt haben?"

„Tanner“, sagte Kramer, „hat Biermann verarscht. Er hat ihm das mit den Namen und dem Unglück erzählt und sich tierisch amüsiert, als er merkte, wie der darauf abfuhr. Dass Biermann ein richtiger Spökenkieker war, wie man so sagt. In Wirklichkeit …“

„Was?“, fuhr Stahnke ihn an. Er war diese Kunstpausen langsam leid.

„In Wirklichkeit hatte Tanner das Schiff doch schon selbst umgetauft. *Mechthild* war bereits der zweite Name, den es trug.“

„Ach du Schande“, sagte Stahnke. „Und Biermann hat das rausgekriegt?“

„Nein“, sagte Kramer. „Tanner hat es ihm selbst gesagt, als er an Bord kam, um zu kondolieren. Wohl in einer Aufwallung von Mitleid. Und in völliger Fehleinschätzung dessen, was er da angerichtet hatte.“

„Tod durch Aberglauben.“ Manninga schien fasziniert. „Man soll sich eben nicht mit fanatisch abergläubischen Menschen einlassen. Das bringt nur …“ Mit einem schnellen Seitenblick auf Ingeborg unterbrach er sich.

„Kramer“, fragte Stahnke in das wieder auflebende Gemurmel hinein, „wie hat das Schiff denn nun eigentlich ursprünglich geheißen?“

„*Kerstin*“, sagte Kramer.

Stahnke hatte schon mehr als einen Segeltörn bei schwerem Wetter hinter sich. Er konnte sich die Situation gut vorstellen: das stampfende Schiff, das laut schlagende Segel, die bockende Ruderpinne. Niemand hatte in solchen Situationen genügend Hände. Dann die Frau auf dem Vorschiff, das Erkennen der Gefahr, der Schrei: „Kerstin!“

Wer von beiden hatte da reagiert?

Biermann war in Haft. Das Schiff lag bis auf weiteres an der Kette. Gut so. Stahnke nahm sich vor, die Sache im Auge zu behalten. Irgendwann würde es einen neuen Eigner geben. Mit dem musste er unbedingt reden.

„Chef?“ Kramer stand immer noch vor ihm. Stahnke wischte sich über die Augen.

„Ja. Was?“

„Wie alt sind Sie denn nun eigentlich geworden?“

„Fünfzig“, sagte Stahnke.

Zwei steile Falten bildeten sich auf Kramers Stirn. „Aber haben wir ihren fünfzigsten Geburtstag nicht schon letztes Jahr gefeiert?“

„Klar“, sagte Stahnke. „Und vorletztes auch. Ich bin immer fünfzig. Wussten Sie das nicht?“

Alle starrten ihn an. Und sie hätten schwören können, das braune Blasenmuster der verschossenen Tapete durch ihn hindurchschimmern zu sehen.

Verschleppte Ermittlung

Die Sonne stand tief über der Hafeneinfahrt, und ihre Strahlen ließen die kleinen Kräuselwellen im Emder Vorhafen glitzern wie Millionen ausgestreuter Glasscherben. Geblendet kniff Stahnke die Augen zusammen. Jetzt sehe ich wieder aus wie ein verfetteter Boxer, der gerade seinen letzten Kampf verloren hat, dachte er und kramte in seinen Jackentaschen nach der Sonnenbrille, obwohl er genau wusste, dass das sinnlos war, denn die Brille lag seit Juni bei Sonja. Jetzt war es fast Ende August, und er hatte immer noch nicht den Mut gefunden, sie abzuholen.

Warum denke ich eigentlich immer an Scherben, wenn es glitzert, überlegte er. Wahrscheinlich hing auch das mit seinem Beruf zusammen, wie so vieles in seinem Leben. Kriminalhauptkommissar, Mordkommission. Überdurchschnittliche Aufklärungsquote, trotz gelegentlicher Vergaloppaden auf gedanklichen Irrwegen. Irgendwie bekam er trotz allem fast immer seinen Mann. Oder seine Frau – mit Mörderinnen tat er sich weniger schwer als mit Frauen im allgemeinen. Frauen an sich, ha! Für ihn hatten Frauen etwas an sich, das er wohl niemals würde aufklären können.

Aufklären. Fast hätte er wieder geseufzt, aber das hatte er sich untersagt, seit Sonja gemault hatte, diese ewige Seufzerei gehe ihr auf die Nerven. Also nicht mehr seufzen. Neue Blockade setzen, Selbstkontrolle ausweiten. Sei doch mal locker, pflegte Sonja zu sagen. Ach ja. Scherben.

Trotzdem könnte ich doch auch mal an Diamanten denken, wenn es glitzert, dachte Stahnke, während er versuchte, durch das Sonnenwellengefunkel hindurch auf die Ems hinaus zu blicken. Wäre doch auch eine passende Assoziation, so rein beruflich. Diamanten wurden schließlich immer wieder gern geklaut. Oder Perlen. Allerdings glitzerten die nicht so. Aber Diamanten und Perlen waren wohl eher etwas für die Kollegen vom Raubdezernat. Stahnke war Mord. Also Scherben.

Er drückte seinen schweren Körper von dem eisernen Geländer am äußeren Schleusenhöft hoch, auf das er sich gelehnt hatte wie einer dieser „Delftspucker“ – Hafenarbeiter ohne Job, die angeblich halbe Tage in dieser Stellung verbrachten, damals zwischen den Kriegen – und schlenderte weiter, Richtung Schleusentor. Die Große Seeschleuse war von jeher einer seiner Lieblingsplätze. Schon als Schüler war er immer wieder hier heraus gekommen, mit dem Fahrrad, hatte sich auf die Ostmole gesetzt, was eigentlich streng verboten war, von langen Reisen in die Unendlichkeit der See geträumt und mit seiner Box-Kamera die ein- und auslaufenden Schiffe fotografiert. Das waren noch viele gewesen, damals in den späten sechziger und frühen siebziger Jahren, viel mehr als heute, und er hatte sich die Motive aussuchen können. Heute musste man schon Glück haben, um überhaupt mal eine Schleusung mitzuerleben.

Das Schleusentor war so breit wie eine Straße und auch genauso asphaltiert. Vor fünf, sechs Jahren hatte das hier noch anders ausgesehen. Der Fahrweg, der über jedes der beiden Tore führte, war aus Holzplanken gewesen, mit einer Senke in der Mitte und flachen Rampen an beiden Enden. Außerdem gab es hölzerne Fußwege und eiserne Geländer. Jedes Mal, wenn eins der beiden Tore bewegt wurde, mussten vorher die Rampen abgesenkt und die Geländer zusammengefaltet werden – was nur möglich war, weil die Mittelstücke der Geländer aus Ketten bestanden, weiß lackierten Ketten, die beim Falten durchsackten und für Spielraum sorgten. Erst danach konnte das abgeflachte Tor gefahren werden, konnte es sich durch einen kurzen Tunnel in das rückwärtige Becken zurückziehen und die Durchfahrt freigeben.

Diese Becken gab es noch, nicht aber die Tunnel und die ganze filigrane Klapp- und Falt-Technik. So wie es war, kantig, klotzig und asphaltiert, schob sich das Tor heute zurück. Die Vorteile lagen auf der Hand. Die Schleuse war ein Schwachpunkt im lebenswichtigen Sturmflut-Schutzsystem, und die massiven Tore brachten gegenüber ihren Vorgängern bestimmt einen schützenden Höhenmeter mehr. Außerdem hatte man bei der Modernisierung gleich die Fahrstände der Tore eingespart. Das sparte Leute und brachte Geld.

Vor sechs Jahren gab es die Fahrstände noch, dachte Stahnke. Sonst wäre Thorsten Kupers Leiche vielleicht nie entdeckt worden. Oder so spät, dass man die Sache nicht mehr als Mordfall hätte einstufen können. Dann würde seine Aufklärungsquote heute vielleicht einhundert Prozent betragen.

Stahnke hatte eine Schleusung schon öfter mit einer Geburt verglichen. Der Hafen war dabei der schützende Mutterleib, die offene See das ebenso feindliche wie faszinierende Leben. Die Schleuse schottete beides gegeneinander ab und war zugleich die Verbindung zwischen beidem. Das Schleusenbecken als Geburtskanal. Am äußeren Ende, auf ihrem Liegeplatz im Außenhafen, warteten die Geburtshelfer, die Schlepper. Bindeglieder zwischen drinnen und draußen, Sicherheit und Abenteuer.

Das Öffnen der Schleusentore war immer wieder ein spannender Vorgang, dessen Ablauf stets gleich war und dessen Folgen niemals vorhersehbar. Nun gut, anders als beim richtigen Geburtsvorgang gab es Rückweg und Wiederholung. Aber sonst fand Stahnke das Bild sehr treffend.

Bei Thorsten Kuper indes traf das Bild nicht zu. Denn der war schon tot, als er den Weg durch die Schleuse antreten wollte. Oder doch: Totgeburt? Stahnke schüttelte den stoppelhaarigen Kopf und verbot sich diesen Gedanken. Selbstkontrolle.

Schleusenmeister Folkert Ihnen hatte damals auch schwer um Selbstkontrolle gerungen, den Schock aber nicht verbergen können. Gerade hatte er das innere Tor schließen wollen, eingezwängt in seinen Fahrstand tief unten an der Vorderkante des Tores, eingehüllt in ein federndes Netz aus Gewohnheit und Routine. Hatte auf seiner Fahrt auf Unterwasser-Schienen schon fast das jenseitige Schleusenhöft erreicht, da hatte er plötzlich durch das runde Bullauge knapp oberhalb der aufgewühlten, strudeligen Wasseroberfläche Thorsten Kupers Gesicht erblickt. Mit leeren Augenhöhlen habe der ihn angestarrt, hatte Folkert Ihnen gestammelt, braunes Wasser habe er gespieen, und die Haare hätten ihm wie Seetang um den Kopf gehangen. Tatsächlich hatte die Leiche, an der sich bereits die aasfressenden Aale gütlich getan hatten, keinen erbaulichen Anblick geboten. Stahnke, der bei der Obduktion dabei gewesen war, erinnerte sich nur zu gut.

Der Wasserstand im Emder Binnenhafen hatte konstant Hochwasser-Niveau; das musste auch so sein, denn sollte sich der Wasserspiegel jemals – etwa wegen einer defekten Schleuse – um mehr als ein paar Dezimeter senken, würden viele Kaianlagen auf Grund des fehlenden Gegendrucks unter den auf ihnen lastenden Gütern und Anlagen zusammenbrechen. So hatte Stahnke es in der Schule gelernt. Weil nun der Wasserstand im Binnenhafen fast immer deutlich höher war als draußen, strömte zwangsläufig bei jeder Schleusung eine Beckenfüllung Hafenwasser in die Ems. Wasser, das auf anderem Wege wieder ergänzt wurde, um den Hafenwasserspiegel konstant zu halten. Wasser, das den toten Thorsten Kuper fast mit sich genommen hätte zur offenen See. Auf Nimmerwiedersehen. Wenn es die Fahrstände in den alten Schleusentoren nicht noch gegeben hätte.

Stahnke schlenderte über das Schleusentor, blickte kurz durch die Scheiben des Schleusenmeister-Büros in ein fremdes Gesicht und dann in den gewaltigen Trog hinab. Das Schleusenbecken. Dimensioniert für ganze kaiserliche Flottillen, später dann kaum noch groß genug für die Neubauten der Nordseewerke. Inzwischen reichte es wieder völlig aus. Die *Sonja* hatte damals sogar richtig verloren darin ausgesehen. Ausgerechnet *Sonja* hatte das Schiff geheißen, dessen Ausreise um einen halben Tag verzögert worden war. Wegen Thorsten Kuper, dessen letzte Reise am inneren Schleusentor zu Ende gegangen war. Stahnke zückte sein Taschentuch und schnäuzte sich ausgiebig.

Inzwischen war er an der Einmündung der Narvikstraße angelangt, einem der wenigen bewohnten Flecken mitten im Hafengebiet. Hier gab es weder Kontore noch Spelunken, sondern richtige Wohnhäuser, in denen richtige Menschen wohnten. Einfache, kleine Häuser für einfache, kleine Menschen. Früher hatten die Häuser ziemlich ärmlich ausgesehen, wie sie sich rings um den langgestreckten Flachbunker drängten, der die Straße in zwei schmale Wege teilte. Der Bunker war mittlerweile abgerissen, die meisten Häuschen renoviert. Richtig nett sah es hier inzwischen aus. Und in einem dieser netten kleinen Häuser hatte Thorsten Kuper gewohnt.

Von Beruf war er Festmacher gewesen. Wie hatte der junge Stahnke diese Männer beneidet, die in ihren niedrigen offenen

Booten mit dem dicken Bergeholz drum herum und den mächtigen Dieselmotoren darin kreuz und quer durch den Hafen schäumten, breitbeinig an der Pinne stehend und Ausschau haltend, um den Giganten der Ozeane, die hier im Hafen hilflos waren wie tapsige Riesenkinder, beim Fest- und Losmachen der armdicken Taue zu helfen. Sie lebten mit Schiffen und Schleppern in Symbiose, unverzichtbar, unverrückbar. Diese Männer glaubten an sich und ihre Zukunft. Das merkte man ihnen auch an.

Stahnke erinnerte sich an mindestens ein Dutzend Festmacherboote, die früher an ihren Moorings gedümpelt hatten, etwa in Höhe der Straße, die passender Weise Matrosengang hieß, was wiederum breitbeinig daherschaukelnde Seeleute suggerierte. Heute lagen da noch drei oder vier dieser Boote. Soviel zum Thema Selbstbewusstsein und Zuversicht, dachte Stahnke. Thorsten Kuper, einer der Letzten seiner Art.

Dieser Kuper, so hatte er sich erzählen lassen, war mehr als nur selbstbewusst gewesen. Einen wie ihn nannte man heute wohl einen Macho. Damals hieß Kuper „der Zigeuner", aber nur hinter vorgehaltener Hand. Denn Kuper mit seinen halblangen schwarzen Haaren, den starken Armen, schmalen Hüften und dem dicken Goldring im rechten Ohrläppchen war nicht nur ausnehmend hübsch anzusehen, er langte auch schnell und gründlich hin, wenn es ihm angebracht erschien.

Irgend jemand musste es ihm mächtig heimgezahlt haben. Zwar ergab die Untersuchung „Tod durch Ertrinken", aber auch, dass Kupers Oberschenkelknochen und Knie zerschmettert worden waren, und zwar während er noch lebte. Der Körper war gerade noch gut genug erhalten, um das zweifelsfrei festzustellen. Nun hätte der Festmacher zwar mit den Beinen zwischen zwei Lastkähne gekommen und anschließend, hilflos und praktisch bewegungsunfähig, ertrunken sein können. Ein Arbeitsunfall eben, dieser Beruf war schließlich nicht ungefährlich. Denkbar, wäre da nicht diese Schwellung auf seiner Schädeldecke gewesen. Es gab keinen Zweifel: Da hatte jemand nachgeholfen.

Kupers Aussehen und Ruf hatten sie schnell auf eine Spur gelockt, die sich auch als durchaus richtig, aber zunächst wenig ergiebig erwies. „Er war ein Frauentyp, aber als Frauenheld offenbar außer Dienst", hatte Kramer, Stahnkes Assistent, in Erfahrung gebracht. „Soll seit Monaten eine feste Beziehung gehabt haben. Ist deshalb auch nur noch selten in der *Alten Liebe* gewesen. Das ist dieser Laden da in der vierten Einfahrt ..." Stahnke hatte abgewinkt. Den Laden kannte er zur Genüge.

Kupers neue Liebe aber schien niemand je gesehen zu haben, und er hatte offenbar auch ihren Namen nie verraten. Was den Verdacht nahe legte, es könnte sich um eine verheiratete Frau handeln. Da winkte ein Tatmotiv erster Güte. Wie besessen suchten sie nach weiteren Hinweisen.

Und dann geschah das, was Stahnke bis heute nicht verstand. Da erschien Engelbert Brandes auf Thorsten Kupers Beerdigung – und weinte. Er hätte auch die Hand heben und um seine Verhaftung bitten können, der Effekt wäre ähnlich gewesen.

Brandes war Schlepperkapitän, Kommandant der *Kapitän Engler*, eines der stärksten Hafenschlepper überhaupt, und wohnte in der Straße „Zum Lotsenhaus". Die war zwar von der Narvikstraße um wenig mehr als die Breite der Seeschleuse entfernt, hätte sich aber auch auf einem anderen Planeten befinden können, so sehr unterschieden sich die villenähnlichen Gebäude dort von den Häuschen jenseits des großen Beckens. Sicher hatten sich Brandes und Kuper gekannt, hatten beruflich zusammengearbeitet wie ein großes und ein kleines Rad ein und desselben Getriebes. Aber Freunde waren sie nachweislich nie gewesen. Und nun stand Brandes da an Kupers Grab und weinte. Der Rest, so hatte Stahnke damals gedacht, musste doch ein Kinderspiel sein.

Vieles hatten sie herausbekommen. Dass Brandes, der damals so an die fünfzig gewesen war, also so alt wie Stahnke jetzt, nur stattlicher und nicht so dick, eine dreizehn Jahre jüngere Frau hatte. Dass beide keine Kinder hatten. Dass Almuth Brandes die Dienstzeiten ihres Mannes häufig nutzte, um in die Stadt zu fahren, wo sie einkaufte und eine Freundin besuchte. Dass diese Freundin, die in dem Häuserblock in der Nesserlander Straße am alten Teil des Binnenhafens wohnte, ihr den Schlüssel zu einer kleinen Mansarde überlassen hatte, angeblich ohne Fragen zu stellen. Dass der Häuserblock, in dem sich dieses Dachzimmer befand, auf dem Wasserwege gut zu erreichen war, vor allem mit einem niedrigen Festmacherboot, das leicht unter der Eisenbahnbrücke hindurchschlüpfen konnte. Die Menge der Indizien war schier erdrückend. Die Frage war eigentlich nur, ob Herr oder Frau Brandes zuerst zusammenbrechen und reden würde.

Es brach aber keiner von beiden zusammen. Keiner von beiden redete. Ernst und einsilbig ließen sie die Verhöre über sich ergehen, ohne je den Versuch zu machen, ihre Betroffenheit, ihr Schuldbewusstsein zu verbergen. Aber sie gaben nichts zu. Den Ehebruch nicht und auch nicht den Mord.

Stahnke hatte keine Beweise und keine Zeugen. Niemand hatte Thorsten Kuper und Almuth Brandes je zusammen gesehen, niemand Engelbert Brandes zur mutmaßlichen Tatzeit in der Nesserlander Straße beobachtet. Und vor allem: Stahnke hatte keine Vorstellung davon, wie Brandes den Mord begangen haben könnte. Er mochte zwar groß und kräftig sein, Kuper aber war ausgesprochen muskulös gewesen, kampferprobt und zwanzig Jahre jünger. Wie konnte Brandes solch einen Mann fast in Stücke schlagen, schon gar, ohne dass es groß auffiel?

Die Sache schleppte sich hin. Schließlich gaben sie auf. Es hatte keinen Sinn. Es war, als müsste ein Angler einen Fisch mitsamt Haken und Leine ziehen lassen.

Stahnke wurde bewusst, dass er bereits minutenlang bewegungslos an der Ecke stand und in die Narvikstraße hineinstarrte. Drei kleine Kinder hatten sich schon im nächstgelegenen Hauseingang aufgebaut und starrten zurück. Schnell drehte er sich um und machte sich auf den Rückweg, die Hände hinter dem Rücken verschränkt, die kurzen dicken Finger ineinander verhakt.

Natürlich hatte er auch an den Schlepper als Tatwaffe gedacht. Daran, wie die mächtige *Kapitän Engler* mit ihrem schwarz aufragenden Bug ein kleines Festmacherboot mittschiffs rammt und zum Kentern bringt, es unter Wasser drückt und dem schwarzhaarigen Bootsführer dabei die Beine zerschmettert und ihn ertränkt. Stahnke liebte solche martialischen Phantasien. Aber das war natürlich Unsinn. Solch eine Tat konnte selbst bei tiefster Nacht nicht unentdeckt bleiben, schließlich hatte ein Schlepper eine Besatzung, und über jede seiner Bewegungen wurde Buch geführt. Außerdem fehlte kein Festmacherboot. Danach hatte er sich ausdrücklich erkundigt. Unauffällig natürlich.

Die Auskunft, die er damals bekommen hatte, fiel ihm wieder ein. „Manchmal nimmt einer von den Leuten eins der Boote über

Nacht mit. Wir sehen das nicht so eng, weil wir wissen, dass die auf ihre Boote aufpassen. Und im Moment sind die Boote vollzählig da."

Abrupt blieb Stahnke stehen, mitten auf der Brücke. Der Mann, ein Reedereiangestellter, hatte doch eine Handbewegung gemacht, als er das sagte: „Im Moment sind die Boote vollzählig da." Nicht zu dem Fenster hin, durch das man die Boote dümpeln sehen konnte. Nein, zur anderen Wand hin. Dort hing das …

„Schlüsselbrett", murmelte Stahnke vor sich hin. Ein vorbeifahrender Wagen wirbelte ihm die Worte von den Lippen; der Fahrer schaute ihn durch die Seitenscheibe zweifelnd an. Stahnke wandte sich ab, stützte sich erneut auf das Geländer und nickte dem graubraunen Wasser zu.

Die Zündschlüssel der Festmacherboote. Mit Sicherheit wusste Brandes, wo die hingen. Und bestimmt hatte er Zugang dazu, oder er konnte sich leicht Zugang verschaffen. Als er Verdacht geschöpft hatte – und das hatte er eindeutig – da hatte er Kuper aufgelauert und war ihm gefolgt. Mit einem zweiten Festmacherboot, in großem Abstand und unauffällig. Er hatte gesehen, wohin Kuper ging; die Wohnung dürfte er schon vorher ausgekundschaftet haben. Und dann …

Tja, was dann. Die Tat selbst blieb immer noch ein Rätsel.

Stahnke blickte hinab ins Wasser, in dem immer wieder kleine Strudel erschienen, eine Weile wirbelten und wieder vergingen. Ein paar hölzerne Latten trieben dort herum, drehten sich, fingen sich in den Ecken und wurden von kleinen Wellen immer wieder aus ihrer Zwangslage befreit. Solche Latten wurden bei der Lagerung von Stückgut verwendet. Oft blieben sie an der Ladung hängen, immer mal wieder gingen beim Löschen welche über Bord. Als Kinder hatten sie solche Latten aus dem Wasser gefischt und sich daraus Flöße …

Mit einem Ruck richtete Stahnke sich auf. Das war es. Plötzlich wusste er es, ganz sicher, wie er es schon vor Jahren hätte wissen können.

Minuten später stand er an der eisernen Pforte vor Brandes' Haus. Er hatte kaum den Klingelknopf gedrückt, da schnarrte schon der automatische Türöffner. Brandes musste ihn von einem der oberen Fenster aus beobachtet haben. Jetzt stand er wartend in der offenen Haustür.

Stahnke blieb am Fuß der fünfstufigen Portaltreppe stehen. „Der Absatz", sagte er, den Kopf in den Nacken gelegt. „Im alten Binnenhafen haben die Kaimauern einen Absatz, knapp oberhalb des Wasserspiegels. Unter Wasser sind die Mauern dicker. Auf diesem Absatz kann man laufen, den Rücken an die Mauer gedrückt, das haben wir als Kinder immer gemacht, um Holz aus dem Wasser zu fischen. Durfte uns nur keiner erwischen." Er schnaufte. „Sie aber haben ihn erwischt. Er hat sein Boot so angebunden, dass es von den Sträuchern, die dort bei den Lagerschuppen wachsen, fast verborgen war, und ist dann über den Absatz zur nächsten Leiter gegangen. Schritt für Schritt, mit dem Rücken zur Wand. So haben Sie ihn überrascht."

Stahnke blickte in Brandes' dunkle Augen. Traurig sahen sie aus. Dann nahm er das Nicken wahr.

„Mit dem Bergeholz haben Sie ihm Oberschenkel und Knie zerschmettert", fuhr Stahnke fort. „Fliehen konnte er nicht. Vielleicht hätte er ins Wasser springen können, aber daran denken Seeleute immer zuletzt. Anschließend haben Sie sein Boot wieder mit zurück zum Anleger genommen, im Schlepp." Stahnkes Züge verhärteten sich. „Es muss eine Hinrichtung gewesen sein."

„Nein", sagte Brandes. Seine Stimme klang rostig, so, als hätte der Mann seit Tagen nicht mehr gesprochen. „Nicht so. Ich wollte ihn stellen, mehr nicht. Über das, was danach kommen sollte, hatte ich überhaupt nicht nachgedacht. Aber dann war ich plötzlich wie blind."

„Und dann lag er da im Wasser", sagte Stahnke. Er hatte das Gefühl, dass seine Stimme nicht viel anders klang als die von Brandes.

„Er schrie", sagte Brandes. Seine braunen Augen füllten sich mit Tränen; der große Mann machte keinen Versuch, sie wegzuwischen. „Er brüllte, schlug mit den Armen um sich. Es war schrecklich. Nicht zu ertragen."

Die Beule, dachte Stahnke und fragte: „Mit dem Piekhaken?"

„Nein", sagte Brandes. „Mit einem Schrubber."

„Also doch Mord", sagte Stahnke.

„Vor vier Jahren hat mich meine Frau verlassen", sagte Brandes. „Sie haben sich viel Zeit gelassen."

„Ja", sagte Stahnke. „Ich weiß. Aber jetzt kommen Sie."

Wolfis Lieblingssorte

„Der Dackel war's", sagte Kramer.

Stahnke widerstand der Versuchung, auf seinem Drehstuhl herumzuwirbeln und seinem Assistenten ins Gesicht zu starren. Erstens hätte eine derart hastige Bewegung nicht zu seinen zwei Zentnern gepasst, und zweitens dachte er gar nicht daran, sich vor Kramer eine Blöße zu geben. Statt dessen verharrte der Hauptkommissar in seiner bevorzugten Diensthaltung – beide Ellbogen auf die Schreibunterlage gestemmt, die runden Wangen in die Handflächen geschmiegt, den Blick seiner wasserblauen Augen über schmutzigrote Ziegeldächer hinweg in die Ferne gerichtet – und entgegnete: „Der Dackel also."

„Ja", sagte Kramer, schob sich am Schreibtisch seines Vorgesetzten vorbei und baute seinen hageren Körper neben dem Fensterrahmen auf, halbwegs in Stahnkes Blickrichtung, dort, wo bis vor einem halben Jahr ein mittelbrauner, völlig verschossener Vorhang gebaumelt hatte. Sollte angeblich gegen einen neuen ausgetauscht werden, aber bis jetzt war es beim Entfernen geblieben. Na ja, für den Moment war Kramers Anzug ein vollwertiger Ersatz.

Ein breites Grinsen drängte Stahnkes Wangen aus ihrem Handflächen-Bett.

„Nein, im Ernst", sagte Kramer. „Es muss der Dackel gewesen sein."

Natürlich ging es um den Fall Waldemar Conradi. Inhaber einer Großbäckerei mit angeschlossener Ladenkette, Freizeitjäger. Tot aufgefunden in seinem eigenen Wagen, auf einem Parkplatz in seinem eigenen Jagdrevier. Erschossen – wahrscheinlich mit seinem eigenen Jagdgewehr. Letzteres allerdings war nur eine Vermutung, da der tödliche Schuss ein Schrotschuss gewesen war und demzufolge keine signifikanten Spuren hinterlassen hatte. Ebenso wenig übrigens wie den größten Teil von Conradis Kopf.

„Er hat den Waldparkplatz im ersten Morgengrauen erreicht", erläuterte Kramer seine Version des Tathergangs. „Der Dackel saß auf der Rückbank, die Flinte lehnte vor dem Beifahrersitz, Mündung nach oben. Als nun der Wagen auf den Parkplatz einbog, muss der Dackel mit einem Satz nach vorne gesprungen sein. Vor Aufregung, nehme ich an, weil er die Örtlichkeit ja kannte."

„Oder weil er pissen musste", warf Stahnke ein. Nachdenklich hob er seinen Bürobecher zur Nase, schnupperte an dem längst erkalteten Kaffeerest, zog die Nase kraus, zuckte die Schultern und trank.

„Möglich", erwiderte Kramer ungerührt, „aber unwahrscheinlich. Conradis Ehefrau hat ausgesagt, das Tier Gassi geführt zu haben, ehe ihr Mann zur Jagd aufbrach. Also etwa um fünf Uhr früh. Allerdings weiß ich nicht genau, wie oft ..."

Stahnke seufzte. Wann würde er endlich lernen, dass Kramer gegen jede Form von Ironie immun war? „Weiter", sagte er.

„Das Tier sprang also von hinten auf den Beifahrersitz, stieß dabei gegen den Lauf der Waffe, der nach links rutschte, also mit der Mündung in Richtung Fahrer. Praktisch im selben Moment muss der Schuss gefallen sein. Entweder hat der Hund ihn ausgelöst oder Conradi selbst, durch eine instinktive Abwehrbewegung, bei der er ungewollt den Abzug berührt hat. Vielleicht war es auch eine Kombination von beidem, verbunden mit einer Erschütterung, zum Beispiel durch ein Schlagloch. Auf dem Parkplatz gibt es etliche davon. Der Wagen ist dann noch ein paar Meter gerollt, bis der Pfosten einer Informationstafel ihn gestoppt hat, wobei der Motor abgewürgt wurde."

„Also." Stahnke lehnte sich zurück. „Waldemar Conradi, 53, erfahrener Jäger, will zur Jagd fahren, steigt ins Auto und stellt sein Gewehr, das er vorher geladen und entsichert hat, neben sich vor den Beifahrersitz, wo es schön hin- und herrutschen kann ... habe ich das soweit richtig verstanden?"

Diesmal zuckte Kramer die Schultern. „So etwas passiert", sagte er ungerührt.

Stahnke runzelte die Stirn und zog die Augenbrauen über der Nase zusammen. Kramers Geschichte kam ihm plötzlich merkwürdig bekannt vor. „Wann und wo?", fragte er.

„Vor ein paar Wochen erst“, antwortete Kramer. „Irgendwo in Hessen. Nur war es da kein Dackel, sondern irgend ein größeres Tier. Golden Retriever, glaube ich.“

„Keine Deutsche Dogge?“

„Nein, soviel ich weiß“, sagte Kramer.

Ich sollte es wirklich aufgeben, dachte Stahnke. Er ist mir über.

Natürlich hatte diese Dackel-Theorie etwas für sich, ganz eindeutig. Conradis Jagdgenossen hatten seine Leiche gefunden, und wenn es am Wagen des Toten und drum herum irgendwelche Spuren gegeben hatte, dann hatten sie die gründlich gelöscht. Der Tote hatte aufrecht auf dem Fahrersitz gesessen, die abgeschossene Waffe in der von Kramer ganz richtig beschriebenen Position neben sich. Der Hund, das bestätigten alle fünf Jäger übereinstimmend, habe lauthals bellend im Wagen herumgetobt. Alle Autotüren seien geschlossen gewesen.

„Die Türen des Wagens waren nicht nur verschlossen, sie waren auch verriegelt“, sagte Kramer. Man musste schon sehr genau hinsehen, um seiner stoischen Miene anzumerken, dass er gerade seinen größten Trumpf gezogen hatte. „Einwirkung von außen praktisch ausgeschlossen.“

„Der verschlossene Raum also“, sagte Stahnke, den Kramers pseudo-telepathische Fähigkeiten schon lange nicht mehr aus der Fassung brachten. „Ein Klassiker. Leiche und Tatwaffe in einem Raum, Fenster und Türen zu, und der Schlüssel steckt innen. Sehr schön. Nur hat ein Auto ja wohl innen keine Türschlüssellöcher, nicht wahr. Man drückt das Knöpfchen herunter, und schon kann man die Autotür auch von außen ver…“ Stahnke brach ab und betrachtete erstaunt Kramers hin- und her wackelnden Zeigefinger. Der Mann wurde ja richtig frech.

„Ihr Auto ist schon etwas älter, nicht wahr, Herr Hauptkommissar?“

„Na und?“ Auf seinen Mazda ließ Stahnke nichts kommen. Neun Jahre und 203 000 Kilometer, das musste Kramers Bayernkutsche erst einmal bringen.

„Nun ja, Conradis Wagen ist ein Audi A 8, keine zwei Jahre alt. Der hat keine Druckknöpfchen mehr. Zentrale Verriegelung per Signalgeber, verstehen Sie?“

Stahnke richtete seinen Oberkörper auf und atmete tief ein. Jetzt nur nicht die Beherrschung verlieren. „Sie kennen sich mit so etwas aus, nicht wahr, Kramer?“, fragte er betont ruhig.

„Ja, allerdings“, sagte Kramer.

„Gut. Dann fahren Sie doch schon mal den Wagen vor.“

*

Stahnke hatte sich Conradis Haus protziger vorgestellt. Tatsächlich war es ein eher unaufdringlicher, aber ausgedehnter Klinkerbau mit niedrigem Portal und anderthalbgeschossigen Seitenflügeln. Ein Gebäude, das durchaus die Bezeichnung „Anwesen“ verdiente.

Kramer hatte ihren Dienstwagen an der Straße geparkt. Seite an Seite schritten sie über die Auffahrt, deren Pflasterung Stahnke etwas unpassend erschien; knirschende Kiesel hätte er weit stimmungsvoller gefunden. Ein schlanker, fast schwarzer Langhaardackel kam ihnen in weiten Sätzen entgegen und baute sich tapfer bellend vor ihnen auf.

„Ihr Mann, Kramer“, sagte Stahnke. „Wo bleiben die Handschellen?“

Kramer ignorierte ihn einfach.

Ein heller Pfiff rief den Hund zur Haustür zurück. Jantine Conradi trug Schwarz, und ihr schmales Gesicht wirkte grau. Leicht gebeugt ging sie vor den beiden Männer her ins Wohnzimmer.

Stahnke kannte natürlich die Geschichten. Dass Jantine Conradi das Startkapital mit in die Ehe gebracht, dass sie sich jahre-, jahrzehntelang für ihren Mann abgerackert hatte, um den Betrieb mit aufzubauen und nebenbei noch zwei Kinder großzuziehen. Dass sie dabei von ihrem Mann übel gelinkt worden war, was sich herausstellte, als die Früchte ihrer Arbeit erntereif waren. Dass ihr von der ursprünglich gemeinsamen Firma plötzlich nichts mehr gehörte und ihrem Mann alles. Dass der seit Jahren eine junge Freundin hatte und mit ihr zusammen ein Kind. Dass Jantine Conradi nichts unternahm, um vor ihrer eigenen Familie nicht das Gesicht zu verlieren. Dass sie auf altmodische Weise loyal war, was ihr Mann hohnlachend ausnutzte.

Natürlich wusste Stahnke das. Sie hatte das Motiv, und sie hatte mit Sicherheit auch einen – wie hieß das noch? – „Signalgeber“

für den Wagen ihres Mannes. Auf sie richtete sich sein Verdacht. Von wegen Dackel. Aber Jantine Conradi hatte ein Alibi. Nicht nur ihr jüngster Sohn, 20 Jahre alt und Student, der noch bei den Eltern wohnte, konnte bezeugen, dass sie zur Tatzeit zu Hause gewesen war, sondern auch eine Nachbarin, die ähnlich früh aufgestanden war und sich über den Gartenzaun hinweg mit Frau Conradi unterhalten hatte.

Stahnke hatte schnell eine tiefe Abneigung gegen Waldemar Conradi entwickelt, ohne ihm jemals in die Augen geblickt zu haben, wofür es jetzt ein für allemal zu spät war. Er war sicher, dass der Mann nicht nur seine Frau, sondern auch seine Kinder und seine ganze Umgebung schikaniert hatte. Der ältere Sohn aber lebte seit Jahren in Spanien, und auch der jüngere kam als Täter nicht in Frage, da sich die Nachbarin auch für ihn verbürgte. Einen Moment lang hatte Stahnke sogar eine Verschwörung der fünf Jagdgenossen für möglich gehalten; immerhin waren sie gleichzeitig in zwei Autos am Tatort erschienen. Die Gruppe war aber einfach zu heterogen, um diese Theorie zu stützen – zwei der fünf Waidmänner kannten sich nachweislich nicht einmal. Da war also auch nichts zu holen.

Blieb der Dackel.

„Platz“, sagte Frau Conradi. Sie sagte es sanft, und Stahnke fand es erstaunlich, dass sich das Tier wenigstens für ein oder zwei Sekunden niederließ, ehe es wieder bellend durch das weitläufige Wohnzimmer tobte. Frau Conradi lächelte entschuldigend: „Dackel kann man einfach nicht erziehen.“ Sie sagte es leise.

„Ja“, sagte Stahnke. Davon hatte er auch schon gehört. „Sie folgen nur ihren Launen und Instinkten.“

Jantine Conradi saß betont aufrecht auf der Vorderkante des grünsamtenen Sesselpolsters, das unter ihrem zarten Körper kaum nachzugeben schien. Tapfer sieht sie aus, dachte Stahnke. Bestimmt deutlich jünger als ihr Mann, höchstens Mitte 40. In letzter Zeit neigte er dazu, sich allzu schnell zu Frauen hingezogen zu fühlen, die ihn an Katharina erinnerten, und gerade jetzt hatte er das Gefühl, dass es mal wieder soweit war.

„Was kann ich für Sie tun, Herr Hauptkommissar?“

Stahnke räusperte sich. „Da wir bis jetzt keinen Hinweis darauf gefunden haben, dass Ihr Mann einem Verbrechen zum Opfer gefallen sein könnte, scheint alles auf einen Unfall hinzudeuten. Einen … nun ja“ – er rang nach Worten, ruderte mit beiden Händen in der Luft herum – „Jagdunfall nicht direkt, Verkehrsunfall aber eigentlich auch nicht. Von beidem etwas. Wissen Sie“, er wusste sich nicht anders zu helfen, „haben Sie von dieser Sache mit dem Jagdhund gehört, vor ein paar Wochen, vielleicht im Radio?“

Sie nickte beherrscht. „Ich weiß, was Sie meinen. Ja, ich habe davon gehört, und ich musste gleich daran denken, als ich heute früh benachrichtigt wurde. Unser Wolfram ist ja immer so wild.“

Der Dackel bellte wieder, wohl als Reaktion auf die Nennung seines Namens. Frau Conradi hob ihn auf ihren Schoß und streichelte ihn. „Ach Wolfi, du Armer. Du kannst ja nichts dafür.“

Stahnke spürte, wie sich die Härchen auf seinen Unterarmen aufrichteten. Wer, wenn nicht sie, dachte er. Sie wusste von der Sache mit dem Hund. Eine Nachahmungstäterin? Aber wie ahmt man einen herumtollenden Hund nach?

Ehe Stahnke etwas sagen konnte, betrat ein junger Mann das Wohnzimmer, dem Alter und seinem Gesichtsschnitt nach der studierende Sohn Conradi. Er trug einen flachen, bunt bedruckten Karton in der Hand, grüßte höflich und sagte: „Ich nehme Wolfi mal mit raus, bei dem Gebell können Sie sich ja gar nicht unterhalten. In Ordnung, Mama?“

Als Jantine Conradi zustimmend nickte, hob der junge Mann den Karton und schüttelte ihn. Stahnke zuckte zusammen, als der Hund wie ein geölter Blitz von Frau Conradis Schoß schnellte, in gestreckten Sätzen durchs Zimmer zu fliegen schien und hinter dem jungen Mann her durch die Tür, die anscheinend zur Küche führte, verschwand. Frau Conradi lächelte. „Hundekuchen. Wolfis Lieblingssorte. Wenn er nur das Rascheln im Karton hört, ist er nicht mehr zu halten. Ach ja, der Dackel und seine Instinkte.“

Stahnke schloss die Augen. Sah den riesigen Audi über die gepflasterte Einfahrt rollen, über die Landstraße hinaus zum Wäldchen gleiten, sah ihn auf den Parkplatz einbiegen. Sah Waldemar Conradi auf die Bremse treten, während gleichzeitig ein tiefes Schlagloch den Wagen ins Rütteln brachte. Sah Wolfi wie einen geölten Blitz von der Rückbank auf den Vordersitz springen. Peng.

Er öffnete die Lider und blickte genau in Jantine Conradis Augen. Sie waren dunkelbraun, mit einem leichten Goldton, der ihrer schwarzen Kleidung und ihres grauen Teints spottete.

Was werden wir finden, wenn wir das Handschuhfach öffnen, dachte Stahnke. Ich tippe auf eine Packung von Wolfis Lieblingssorte. Halbvoll, damit's besser raschelt.

Jantine Conradi schlug die Augen nieder.

„Kramer", sagte Stahnke.

„Ja", sagte Kramer.

„Wir wollen gehen", sagte Stahnke. „Sie hatten Recht. Der Dackel war's."

Von Pappe

Ötel", sagte Kramer.

Stahnke legte die Stirn in Falten und blickte seinen Kollegen fragend an. Kramer hielt ein kleines Stück Pappe zwischen den Spitzen von Daumen und Zeigefinger seiner linken Hand, während er mit der Rechten geschickt die Öffnung einer kleinen Plastiktüte spreizte.

„Ötel", wiederholte er und ließ das Pappstückchen in die Tüte fallen. „Der Aufdruck. Schwarz auf weißem Grund. Was kann das sein?"

Stahnke erinnerte sich an einen dreibeinigen Stahlrohrhocker mit plastiküberzogenem Polster, der im Hintergrund des kleinen, schummrigen Ladens stand, schlurfte hin, vergewisserte sich, dass die Sitzfläche bereits auf Spuren hin untersucht worden war, und ließ sich ächzend niedersinken.

Er fühlte sich müde und unwohl. Nicht wirklich krank, aber doch alles andere als gesund. Manchmal wünschte er sich eine richtige Krankheit, die ihn heraushob aus dieser Tretmühle, die ihm eine Auszeit verschaffte in dieser Pausenlosigkeit. Etwas anderes als die ewige Bronchitis oder diese grippalen Infekte, die ihn einfach nicht im Bett festhalten konnten, weil sie nicht stark genug waren für sein schlechtes Gewissen.

Ein Beinbruch, das wäre etwas Handfestes. Oder eine Lungenentzündung. Er hüstelte versuchsweise und löste damit einen regelrechten Hustenanfall aus, in den sich wie Querschläger ein paar explosionsartige Nieser mischten. Er spürte, wie ihm der Schweiß ausbrach, während er nach Luft rang. Nein, doch lieber keine Lungenentzündung. Und auch keinen Beinbruch. Überhaupt war mit der besten Krankheit nichts los.

„Ötel?", krächzte Stahnke, kaum dass er wieder Luft holen konnte.

„Gesundheit", sagte Kramer, leicht verspätet.

Von der Straße drang Blasmusik herein. Der kleine, enge Tabakladen mit den gelblichen Lichtschutz-Rollos hinter den Scheiben und den staubigen Vitrinen voller herrlich schimmernder Pfeifen lag mitten in der Leeraner Fußgängerzone, in der Mühlenstraße dicht beim Denkmalsplatz, und da spielte sich zwischen Frühling und Herbst fast jedes Wochenende irgend etwas ab. „Nehmt die Butter vom Tisch, holt die Wäsche von der Leine, haltet die Mädchen fest – die Musikanten kommen!“ Ein Warnruf, der nicht mehr galt. Heute holten umsatzhungrige Kaufleute die fahrenden Künstler selber in die Stadt. Die da draußen klangen nach New Orleans.

Durch die verglaste, größtenteils mit Plakaten verhängte Ladentür erhaschte Stahnke einen Blick auf die vorübermarschierenden Musiker. Weiße Hemden, weiße Mützen, sogar die Tuba war weiß. Der hochgewachsene, breitschultrige Bandleader schwenkte statt eines Taktstocks einen aufgespannten erdbeerroten Regenschirm, dessen warme Farbe heftig mit dem grellen Scharlachrot seines Gesichts kontrastierte.

Heiß war es draußen. Stahnke wusste das, aber es fröstelte ihn trotzdem. Nein, richtig gesund war er wirklich nicht.

„Das Pappstückchen ist an beiden Seiten abgerissen“, sagte Kramer. „Die Buchstaben sind alle klein, also ist ‘ötel’ vermutlich nicht der Anfang, sondern der Mittelteil eines Wortes. Der Produktbezeichnung oder des Produktnamens. Könnte ein Hinweis sein, wenn wir das herausbekommen.“

Draußen wurde die Musik leiser; die Band schien sich zu entfernen. Stahnke horchte in sich hinein, lauschte auf irgendwelche Assoziationen, hatte aber nur die einer feuchtkalten Tropfsteinhöhle. Plitsch. Ein einzelner Tropfen zerschlug einen glatten schwarzen Wasserspiegel, löste kleine Wellen aus, die sich ringförmig ausbreiteten und in der Dunkelheit verschwanden. Stahnke fröstelte wieder.

Ötel. Das Einzige, woran ihn das erinnerte, war Kötel. Oder Kötelbeutel. Sowas gab es ja jetzt, sogar in Automaten. Damit sollten Hundebesitzer die Hinterlassenschaften ihrer vierbeinigen Darmausgänge beseitigen. Was natürlich kaum einer tat. Kötel überall. Aber Ötel?

Die Leiche lag immer noch mitten im Raum. Werner Meyertöns, 56, einsfünfundsiebzig groß, geschätzte zweieinhalb Zentner schwer. Selbst jetzt, da der Mann tot auf dem Rücken lag, ragte sein mächtiger Bauch, zusätzlich betont durch ein eng anliegendes erdbeerrotes Poloshirt, steil in die Höhe.

Hauptkommissar Stahnke stellte fest, dass er Meyertöns' Tod bedauerte. Verglichen mit solchen Männern wirkte er selbst höchstens stattlich, erschienen seine eigenen Gewichtsprobleme lächerlich, auf jeden Fall vernachlässigbar. Das Hemd nach außen tailliert, na gut, aber doch nicht wirklich fett, nicht wahr. Der da, der war wirklich fett. Tja. Und jetzt leider tot.

Unter dem Kopf des fetten Mannes hatte sich eine kleine rote Pfütze gebildet. Dunkler als das erdbeerrote Poloshirt des Ermordeten. Dunkler auch als das Gesicht des Tambourmajors, dessen Marching Band offenbar kehrt gemacht hatte, denn die Musik wurde wieder lauter. „Oh When The Saints", na was denn sonst.

Über die Mordwaffe waren sie fast gestolpert. Ein ausladender Aschenbecher aus grünlichem Speckstein, mit scharfen Ecken und einem Bügel oben drüber. Sehr zweckdienlich. Natürlich ohne Fingerabdrücke auf der spiegelglatten Oberfläche. Der Täter musste Handschuhe getragen haben.

Meyertöns war einer dieser kleinen Händler, die der Innenstadt jahrzehntelang ihr ganz besonderes Gepräge gegeben hatten. Leer hatte sich rühmen dürfen, eine der interessantesten und abwechslungsreichsten Einkaufszonen Ostfrieslands zu besitzen, obwohl es doch in der Region weit größere Städte gab. Damit aber ging es nun zu Ende. Im Zeitalter der überdachten Marktplätze am Stadtrand war die Zeit für eigenständige Mittelständler wie Meyertöns abgelaufen. Was im allgemeinen wirtschaftlich zu verstehen war, in diesem konkreten Fall aber auch biologisch.

Hatte nicht neulich erst etwas vom „Aussterben des Einzelhandels" in der Zeitung gestanden? Irgendwer hatte das wohl wörtlich genommen. Stahnke konnte nicht einmal darüber lachen.

Der New-Orleans-Krach schwoll einem erneuten Höhepunkt entgegen, der erdbeerrote Regenschirm wippte vorüber, die weiße Tuba schwankte hinterher, und die Musik begann sich wieder zu entfernen, scheinbar nunmehr einen Viertelton tiefer. Stahnke kannte das Phänomen von der Eisenbahn her oder von vorbeifahrenden, hupenden Autos: Beim Herannahen wurden die Schallwellen verkürzt, beim Entfernen gedehnt. Dass das auch bei einem Spielmannszug so funktionierte, wenn auch in abgeschwächter Form, war ihm neu.

„Ötel", brachte sich Kramer wieder in Erinnerung.

Richtig, das Pappstückchen. Ebenso simpel wie raffiniert war es eingesetzt worden. Meyertöns' Geschäft war nicht gerade überlaufen gewesen; Stahnke hatte das gestern noch selbst feststellen können, als er eine Pfeife gekauft hatte als Geschenk für einen Kollegen, der nächste Woche in Pension ging. Volle zwanzig Minuten lang hatte er sich nicht entscheiden können, trotzdem hatte sich in der ganzen Zeit außer ihm nur ein einziger Kunde im Laden aufgehalten.

Wenn so wenig los war, hielt sich der schwergewichtige Händler gern hinten in seinem Kontor auf. Um etwaige Kundschaft – oder Ladendiebe – nicht zu überhören, hatte er außer der Ladenglocke noch eine weitere Klingel installiert, direkt im Kontor, verbunden mit einer Lichtschranke zwei Meter innerhalb der Eingangstür. Jeder, der sich im Laden bewegte, löste früher oder später diese Klingel aus. Meyertöns konnte sich darauf verlassen und derweil in aller Ruhe Praline und Coupé lesen.

Stahnke hatte die Zeitschriften auf dem zerschrammten Nussbaum-Schreibtisch liegen sehen. Auf den Titelseiten Bilder von grinsenden Frauen mit Brüsten wie Pickelhauben. Er war für optische Reize empfänglich, sehr sogar, diese Bilder aber starrte er ebenso verständnislos an wie die ihn. Solche Comic-Titten, unter deren überdehnter, stark marmorierter Haut sich die Silikonkissen deutlich abzeichneten, ließen ihn kalt.

Meyertöns offenbar nicht. Der Illustrierten-Stapel war beachtlich, und die Hefte sahen samt und sonders abgegriffen aus.

Ötel, verdammt. Meyertöns' Mörder also war über den Hof gekommen, hatte das Kontorfenster aufgehebelt und die Extra-Klingel mit einem Stückchen Pappe, das er zwischen Glocke und Klöppel geklemmt hatte, matt gesetzt. Das sprach dafür, dass er sich hier auskannte.

Dann hatte der Einbrecher, ehe er zum Mörder wurde, im Schreibtisch die Kassenschlüssel gesucht und gefunden und sich über den Kasseninhalt hergemacht. Meyertöns' Hausbank war nur ein paar Blocks entfernt, aber von seiner Kundenbetreuerin wussten sie inzwischen, dass sich der Mann nicht die Mühe gemacht hatte, seine Einnahmen täglich dort zu deponieren. Ein paar tausend Euro dürften sich in der altmodischen Registrierkasse befunden haben; ein Kollege überprüfte das gerade anhand der Kassenrolle.

Genug für einen Einbruch. Genug für einen Mord?

Anschließend hatte der Eindringling Laden und Kontor mehr oder weniger systematisch nach einem Wandtresor abgesucht. Den es nicht gab. Das wiederum sprach dafür, dass sich der Dieb hier nicht wirklich gut ausgekannt hatte.

Fingerabdrücke hatte er auch bei dieser Suche nirgendwo hinterlassen, vermutlich aber war ihm irgendetwas zu Boden gefallen, jedenfalls hatte Meyertöns, dessen Wohnung ein Stockwerk höher lag, wohl etwas Verdächtiges gehört, hatte sich Hose und Poloshirt übergestreift und war nachschauen gegangen. Ötel hin oder her.

Telefonieren hätte er sollen, dachte Stahnke. Eins eins null. Dann könnte er jetzt noch leben.

Sein Blick fiel auf seine Armbanduhr. Kurz vor vier; das erinnerte ihn an etwas. Stahnke erhob sich ächzend. „Halten Sie mal ein paar Minuten die Stellung“, sagte er, Kramers erstaunten Blick ignorierend. „Bin gleich wieder da.“

Der Musikalienladen, in dessen hinteren Räumen Sinas wöchentlicher Keyboard-Unterricht stattfand, lag gleich um die Ecke. Um vier war Schluss. Zeit hatten sie zwar beide nicht, an ein halbes Stündchen im nächsten Café war nicht zu denken, aber sehen wollte er sie wenigstens, „Hallo“ sagen, sie in den Arm nehmen und küssen.

Was hatte ihn auf die Idee gebracht? Meyertöns' blöde Wichs-Gazetten etwa? Mit deren Plastik-Puppen hatte Sina wenig Ähnlichkeit, Gott sei Dank. Ihr Busen war rund und sanft statt pickelspitz und tomatenprall, samtig und sommersprossig statt dunkelbraun durchgebraten. Seine Sina hatte in Schlabbershirt und Beutelhose mehr Sex als zehn von diesen Cover-Tussen nackt. Und rasiert.

Stahnke überquerte die Straße und musterte sich in der Schaufensterscheibe des Musikgeschäfts. Leuchtete ihm die Geilheit etwa schon aus den Augen? Nein. Elend sah er aus, nicht wirklich krank, aber auch alles andere als gesund. Ach ja.

Hatte ihn das hierher geführt? Sina als Medizin gegen Husten und Gliederschmerzen, ein zwanzig Jahre jüngeres Heilpflänzchen für einen fünfzig Jahre alten Sack? Stahnke seufzte. So ganz hatte er sein Glück sowieso noch nicht begriffen, das ihm da in Gestalt dieser bildhübschen, blitzgescheiten jungen Frau nun schon seit Wochen immer wieder zulächelte. Ewig konnte das nicht andauern, aber er war wild entschlossen, jeden Augenblick davon zu genießen. Auch wenn es ein gestohlener Augenblick war.

Fünf nach vier; manchmal dauerte der Unterricht etwas länger. Stahnke fasste sich in Geduld, ließ seinen Blick über die Auslage schweifen. Messing überall; Blasinstrumente schienen das Thema des Schaufenster-Dekorateurs gewesen zu sein. Und wie auf Kommando erklang hinter ihm wieder die Blasmusik. Die Band schien auf seinen Spuren zu wandeln, jedenfalls wurde sie lauter und lauter. Down By The Riverside.

Da. Sein Blick ging darüber hinweg, hielt inne, machte kehrt, kreiste. Da war es, hatte er's doch gewusst.

Hatte er es gewusst? Stand er deshalb hier vor der Auslage des Musikalienladens, vor diesem Schaufenster voller Blasinstrumente samt Noten und Zubehör? War das nur ein Zufall, den er Sina verdankte und seiner Krankheit, die keine war, und seiner Lust? Oder hatte er es doch gewusst, irgendwo ganz tief im hintersten Winkel seiner Rumpelkammer namens Gedächtnis?

Wie auch immer. Da lag es jedenfalls: „Bötel's Posaunenfett". Die Tube steckte in einer Pappschachtel, blau abgesetzt, mit schwarzer Schrift auf weißem Grund.

„He du." Zwei warme Arme schlangen sich von hinten um seinen Hals, zwei weiche Lippen drückten sich auf seine Wange. „Schön, dass du mich abholen kommst. Trotzdem muss ich gleich weiter. Hab noch irre viel zu tun."

Stahnke drehte sich zu ihr herum, nahm sie in die Arme und küsste sie auf den Mund, fest und lange, während ihm die Musik immer lauter in die Ohren brandete. Sina lachte, als er endlich von ihr abließ, sichtlich überrascht, aber alles andere als unangenehm berührt.

In diesem Augenblick bog die Marching Band um die Ecke, ihr Sound schallte voller als zuvor. Der Tambourmajor hatte seinen Regenschirm abgelegt und ebenfalls zum Instrument gegriffen.

Posaune. Er spielte sie gar nicht einmal schlecht. Der Posaunenzug jedenfalls flutschte vor und zurück wie geschmiert. Auch in Stahnkes Kopf flutschte es plötzlich. Jetzt wusste er wieder, wer da gestern mit ihm zusammen in Meyertöns' Laden gewesen war.

Und der große Kerl sah auch gar nicht schlecht aus, so mit seinen breiten Schultern, der schwarzen Hose, dem weißen Hemd, der weißen Mütze. Und den weißen Handschuhen.

„Ich hab auch noch zu tun", sagte Stahnke und lächelte Sina zu. „Als Erstes muss ich jetzt mal die Musik da abstellen."

Fahrstuhl zur Bühne

Rausschmeißen die Sau!" Der Ruf stach aus dem ohrenbetäubenden Chor des Missfallens heraus wie eine rote Fahne aus einer Kundgebung. Auf der Bühne lehnte sich Herbert Sattler zufrieden zurück und lächelte dem Schreier, einem baumlangen Schwarzbart in schwarzrotem Holzfällerhemd, aufreizend zu. Er hatte erreicht, was er wollte. Ein kleines Skandälchen, viel Aufmerksamkeit und die Hoffnung auf eine anhaltende Nachdiskussion in der Presse. Und das auf diese simple Weise. „Der weitaus größte Teil der deutschen Regionalliteratur hält gehobenen Qualitätsansprüchen einfach nicht stand" – eine schlichte These, die Wellen schlug wie ein Schwan im Gartenteich. Jedenfalls hier auf der Mainzer Minipressen-Messe, dem alljährlichen Marktplatz der regionalen und alternativen Verlage im Eltzer Hof.

„Meine Damen und Herren, ich muss doch bitten. Unser aller Verständnis von Meinungsfreiheit sollte doch so weit entwickelt sein, dass wir auch mit solch einer etwas harsch anmutenden Position ganz sachlich …" Der Diskussionsleiter schwitzte förmlich in das Mikrofon hinein, über das er sich beugte. Die Buh-Rufe verebbten, wurden von heftigem Gemurmel abgelöst, in das hinein sich jetzt die anderen Podiums-Diskutanten intellektuell ereiferten. Sattlers These stand – für eine ähnlich wirkungsvoll platzierte Gegenthese war es zu spät.

Sattlers Lächeln wurde breiter. Zufrieden strich er sich mit beiden Händen über seine schütteren grauen Haare. Was kümmerte es ihn, dass er soeben auch seine eigenen Autoren in die Pfanne gehauen hatte? Negative Publicity gab es nicht.

Eine seiner Autorinnen saß mit auf dem Podium, ganz links außen am langen Tisch. Tamara Schulze, Spezialität Tiergeschichten. Lange dunkle Locken, blitzend schwarze Augen, groß und überall kräftig – Sattler hatte sich seinerzeit nur ihr Foto angeschaut und die Texte gleich an die zuständige Lektorin weitergereicht: „Rita, die bringen wir raus.“ Auch verlegerisch gar keine schlechte Entscheidung übrigens, die Bücher verkauften sich ganz gut. Tamara Schulze hatte allen Grund, Herbert Sattler dankbar zu sein. Sie hatte sich auch dankbar gezeigt. Genau darauf hatte er spekuliert.

Im Moment sah sie alles andere als dankbar aus. Ihre schwarzen Augen funkelten nicht humor- oder lustvoll wie sonst, sondern eindeutig wütend. Sattler dämpfte sein Triumphlächeln, um sie nicht noch weiter zu provozieren. Hoffentlich meldete sie sich jetzt nicht zu Wort. Aber die Gefahr bestand wohl nicht mehr, denn der schwitzende Diskussionsleiter verwies bereits auf die fortgeschrittene Zeit und die folgenden Programmpunkte und setzte zum Schlusswort an. Die Publikums-Traube vor der Bühne begann sich zu zerstreuen.

Stahnke spürte mit einiger Erleichterung, dass der Druck der Menschenmasse, die ihn dicht am Bühnenrand eingekeilt und zur nahezu vollständigen Bewegungslosigkeit verurteilt hatte, langsam nachließ. Auch die walkürenhafte Matrone schräg hinter ihm, von deren Gesicht unter der tief herabgezogenen Krempe eines lächerlich altmodischen Blümchenhutes nur das spitze Kinn zu erkennen war, zog endlich ihren gepanzerten Busen aus seinem Rippenbogen ab. Stahnke reckte seinen massigen Körper, bog die Schultern zurück und pumpte stickige Hallenluft in seine Lungen. Draußen schien die Sonne, wie er über Mittag bei einem Spaziergang am Rhein festgestellt und genossen hatte. Und er wäre sicher noch länger an der frischen Luft geblieben, wenn nicht die Lesung von Nanno Taddigs auf dem Programm gestanden hätte. Seinetwegen war er ja überhaupt hergekommen. Schließlich hatte er Taddigs die Lösung eines höchst komplexen Falls zu verdanken, der ihn im Winter vor anderthalb Jahren in Atem gehalten hatte. Und weil inzwischen aus diesem Fall ein Roman namens „Ebbe und Blut“ entstanden war, aus dem Taddigs in Mainz lesen sollte, hatte sich der Hauptkommissar aus Ostfriesland die Gelegenheit zu einem Abstecher nach Rheinland-Pfalz zur Mainzer Minipressen-Messe nicht entgehen lassen.

An Mainz nämlich hatte Stahnke durchaus positive Erinnerungen. In den siebziger Jahren war er schon einmal hier gewesen, als Student. Mit dem Studium war es ja letztlich nicht viel geworden, aber er hatte es genossen, Student zu sein. Rückblickend war diese Phase wie eine Insel der Selbstbestimmtheit in einem Lebenslauf, der zwischen Ufern aus Regeln und Vernunft eingezwängt dahinströmte.

Und dieses Studenten-Festival damals in Mainz war so etwas wie die höchste Düne auf dieser Insel. Jede Menge Bands und Liedermacher in Festzelten, Hallen und unter freiem Himmel, Fressstände mit Spezialitäten aus Griechenland, Chile und Vietnam bis hin zum heimischen Schwenkbraten, Büchertische jeder Couleur zwischen blau-gelb und schwarz-rot - also zwischen Jungliberalen und Anarchos, der Rest sollte doch anderswo Politik machen.

Offizieller Höhepunkt der dreitägigen Riesenfete war eine Demo durch die Mainzer Innenstadt. Worum es gegangen war, Bafög oder Menschenrechte oder sonstwas, hatte Stahnke vergessen. Nicht aber, dass er zusammen mit zehn, zwölf anderen in einer Elefanten-Attrappe gesteckt hatte, einem langen Segeltuch-Schlauch mit steckenpferdähnlichem Pappkopf vorne dran, und immer, wenn er als Vordermann an einer Leine zog, hatte der Elefant den an der Spitze zur Faust geballten Rüssel gehoben. Stahnke hatte mörderisch geschwitzt unter dem dicken Tuch und sich wieder einmal gefragt, warum er denn immer für andere die Maloche machen musste. Dann aber, als der Demo-Zug wieder einmal gestockt hatte, waren ein paar Mainzer von Straßenrand zu ihnen her gekommen, und einer hatte ihnen zugerufen: „Von Demo verstehe mir ja nix, aber ihr gefallt uns. Ihr habt so richtig was von Karneval. So muss es sein, wenn man uff de Strass geht.“ Da hatte sich Stahnke gefreut. Obwohl er sich eigentlich hätte ärgern müssen, weil's ja wieder mal nicht geklappt hatte mit der ideologischen Einheit von gewerkschaftlich orientierter Intelligenz und Proletariat. Oder so.

Das Podium leerte sich. Gerade verließen Herbert Sattler und Tamara Schulze die Bühne über die Seitentreppe, während oben der Hausmeister die Tische nach hinten schob. Nanno hatte erzählt, der Sattler und die Schulze hätten eine Affäre laufen; anscheinend tratschte die halbe Branche darüber. Das aber, was in diesem Moment trotz gedämpfter Stimmen an Stahnkes Ohren drang, war alles andere als Liebesgeflüster. Da schien ein ausgewachsener Streit im Gange zu sein.

Eine andere Frau näherte sich, versuchte zu schlichten. Mit herrischer Geste wies Sattler sie ab: „Halt dich da raus, Rita.“ Die hochgewachsene, schlanke Frau mit dem dunkelblonden Pagenkopf lief rot an, sagte aber nichts mehr.

„Das ist Rita Kampnagel“, ertönte eine Stimme in der Gegend von Stahnkes rechtem Ellbogen. Der Hauptkommissar wandte sich um und schüttelte Nanno Taddigs, der sich in seinem Rollstuhl lautlos genähert hatte, herzhaft die Hand. „Wird die Kampnagel auch an der literarischen Klatschbörse gehandelt?“, fragte er.

„Wurde.“ Der hagere junge Mann grinste. „Tamaras Vorgängerin bei Sattler, lotterbettmäßig. Ich frage mich, wie die das aushält, die Texte der Schulze zu redigieren.“

Nanno entschuldigte sich und fuhr seinen Rollstuhl zum Rand der Bühne, wo sein Pianist aufgetaucht war. „Prosa und Piano“ – mal etwas anderes als Lyrik mit Saxophon, dachte Stahnke. Gerade wurde der schwarzglänzende Flügel über das Hallenparkett herangerollt. Nanno und der Klavierspieler schauten sich suchend um; die Bühne war einen guten Meter hoch und eine Rampe nirgends zu sehen.

„Tja“, sagte der Hausmeister, „da werden wir wohl alle mit anpacken müssen. Sie beide und ich, das sind ja schon drei, und wenn vielleicht der kräftige Herr da noch mit heben hilft …“

Ein paar Sekunden lang weidete er sich an den fassungslosen Blicken, dann grinste er. „Kleiner Scherz. Klappt doch immer wieder. Kommen Sie mal mit.“ Natürlich gab es einen Bühnenlift, seitlich neben der rechten Treppe in den Boden eingelassen. Die Bedienungsknöpfe waren hinter der Wandtäfelung verborgen. Als der Flügel samt Nanno langsam in die Höhe schwebte, stimmten alle erleichtert in das Lachen des Hausmeisters ein. Aber eigentlich fanden sie den Witz saublöd.

Die anschließende Lesung war nicht gerade ein Erlebnis. Nanno las gut, der Pianist spielte gut, aber die allgemeine Aufmerksamkeit war einfach zu gering und der Lärmpegel in der Halle, wo der Messebetrieb zwischen den vielen Bücherständen natürlich weiterging, viel zu hoch.

Vor der Bühne hatte man ein paar Dutzend Klappstühle aufgestellt. Stahnke setzte sich in die letzte Reihe und staunte nicht schlecht, als er zwei Reihen weiter vorne ein vertrautes Trio entdeckte. Die Anordnung hatte sich verändert; Rita Kampnagel saß jetzt in der Mitte, Herbert Sattler links, Tamara Schulze rechts. Hin und wieder warfen sich die schwarze Mähne und der graue Haarkranz über den Blondschopf hinweg ein paar Bemerkungen zu, meist aber blickten sie starr geradeaus. Stahnke hatte nicht den Eindruck, als würde sie angestrengt Nanno lauschen. Das sah nicht nach Friedensschluss aus, höchstens nach Waffenstillstand, erzwungen durch Intervention. Und selbst dieser Waffenstillstand wurde offensichtlich immer wieder verletzt.

Die Kampnagel redigiert also nicht nur die Texte ihrer Bettnachfolgerin, sie hilft sogar mit Beziehungs-Kitt aus, sinnierte Stahnke. Das ist eindeutig mehr als Pflichterfüllung. Da schlummert wohl doch noch etwas.

Ein Mann und zwei rivalisierende Frauen – das hatte es in Stahnkes gut fünfzigjährigem Leben noch nicht allzu oft gegeben. Genau genommen erst ein einziges Mal. Ausgerechnet hier in Mainz, beim Festival, nach der Demo. Die Erinnerung überfiel ihn regelrecht. Ute, eine alte Bekannte, die damals in Essen studierte, hatte er bei der Abschlusskundgebung wiedergetroffen; sie war ihm zur Begrüßung um den Hals gefallen, und sie hatten sich für den Abend an Bühne zwei verabredet. Am späten Nachmittag war ihm dann Constanze im Zeltlager über den Weg gelaufen. Lag es nun am frisch gestärkten Selbstbewusstsein oder an dieser angeblich magischen Ausstrahlung, die von Menschen ausgehen soll, denen Zuneigung zuteil wird – nach zehn Minuten jedenfalls lagen sie sich in den Armen. Voller Vorfreude gingen sie zum Konzert. Bühne zwei, natürlich. Ute war da, wie verabredet, und Stahnke, alles andere als ein Casanova, war der Depp. Die Nacht verbrachte er allein. Ein doppeltes Plus ergab eben doch ein Minus, da konnten diese Mathematiker erzählen, was sie wollten.

Freundlicher Beifall rauschte auf. Noch während Nanno sich verbeugte, so gut es eben ging in seinem Sitz, zerstreuten sich die Zuhörer. Auch das Sattler-Trio erhob sich, entfernte sich aber nicht; die verbalen Kriegshandlungen schienen erneut aufgeflammt zu sein, und diesmal war anscheinend auch Rita Kampnagel involviert.

Stahnke blieb ebenfalls stehen, registrierte interessiert, wie die drei Stimmen sich wieder über den bunten Lärmteppich erhoben und sechs Hände gestikulierend zu fliegen begannen.

Nanno, vom Hausmeister per Fahrstuhl von der Bühne entlassen, rollte heran. Sattler machte keine Anstalten, seinen Gruß zu erwidern, drehte ihm sogar ostentativ den Rücken zu. Was für ein Kotzbrocken, dachte Stahnke. Im selben Augenblick huschte es schwarz-rot an ihm vorbei.

Ehe er auch nur einen Finger rühren konnte, war der lange schwarzbärtige Holzfällerhemd-Träger bei Sattler, packte ihn mit der linken Hand am Schlips und schlug ihm die flache Rechte fünf-, sechsmal ins Gesicht. Die beiden Frauen zuckten erschrocken zurück, schrien aber nicht. Als Stahnke endlich reagiert hatte und auf den Langen zugesprungen war, hatte der Mann Sattler schon wieder losgelassen.

„War das gut genug für dich?", fauchte er.

Erstaunlich schnell waren zwei uniformierte Kollegen zur Stelle. Ob er Anzeige erstatten wolle, wurde Sattler gefragt. „Und ob", antwortete der, rieb sich die Wangen und funkelte den Langen an: „Das wirst du noch bereuen."

„Bereuen solltest du", sagte der Schwarzbart. Ganz ruhig, aber sehr beunruhigend. Dann wurde er aus der Halle geführt.

„Das ist Konrad Stumpf", kam Nanno Stahnkes Frage zuvor. „Mainzer Regional-Autor. Netter Kerl eigentlich. Aber reizen darf man ihn natürlich nicht."

„Was schreibt er denn so?", fragte Stahnke. „Leitfäden für Rhein-Flößer? Oder Förster-Romane?"

„Kinderbücher", sagte Nanno. „Sehr moderne. Gefallen mir gut."

„Ach", sagte Stahnke.

„Er ist übrigens der Ex-Freund von Tamara Schulze", fuhr Nanno fort.

„Ach nee", sagte Stahnke.

„Wird er jetzt womöglich eingelocht für seine gute Tat?" Nanno sah richtig besorgt drein.

„Unfug." Stahnke winkte ab. „Die Kollegen nehmen seine Personalien auf, und das war's dann. Mehr als eine Geldstrafe droht ihm nicht, es sei denn, er wäre ein Wiederholungstäter. Was der Sattler aber darüber hinaus an Schmerzensgeld einklagt, das steht auf einem anderen Blatt."

„Heißt das, er könnte ihn in den Ruin treiben?"

Stahnke zuckte die Achseln. „Na ja, wir sind hier nicht in Amerika. Aber weh tun wird es ihm sicher." Dabei dachte er Sattlers gerötete Wangen und konnte sich eines Lächelns nicht erwehren.

Den Rest des Nachmittags verbrachten sie in einem Gartenlokal am Rhein. Stahnke mochte nicht über seine Arbeit reden, Nanno nicht über seine Lesung; so kreiste das Gespräch zwischen den minutenlangen Pausen, in denen sie gemeinsam den Schiffen nachschauten, immer wieder um Sattler.

„Er hat Macht, aber er ist auch eine tragische Figur", erzählte Nanno. „Als Verleger der größte unter den kleinen, unter den wirklich großen aber ein kleiner Fisch. Den entscheidenden Sprung nach oben auf die ganz große Bühne hat er nie geschafft."

„Nicht genug Kapital?"

Nanno schüttelte den Kopf. „Nicht genug Geschmack, um es mal so auszudrücken. Ihm fehlt das Händchen. Das gewisse Etwas, das man braucht, um auch mal bei einem neuen Trend ganz vorne zu sein. Sattler kann immer nur draufsatteln."

„Und das merkt er natürlich selber."

„Ja", sagte Nanno, „inzwischen. Manchmal hat man das Gefühl, es erdrückt ihn. Daher immer wieder diese Befreiungsschläge. So wie vorhin."

„Angstbeißer", sagte Stahnke.

„Er muss sich halt immer wieder beweisen, dass er noch jemand ist." Nanno klang beinahe verständnisvoll. „Das erklärt wohl auch seine ständigen Affären."

„Angstrammler?" Stahnke grinste. „Da muss unbedingt noch ein Fachbegriff erfunden werden."

Die Sonne stand schon tief und hatte an Kraft eingebüßt, ein leichter Abendwind fächelte die angestaute Tageshitze aus den Winkeln; richtig angenehm war es auf der Terrasse, dachte Stahnke und erwog, nach dem zweiten Milchkaffee demnächst das erste Bier des Tages zu bestellen. Die Gedenk-Lesung für „Kuba", den kürzlich und viel zu jung gestorbenen Messegründer Norbert Kubatzki, hatten sie sowieso schon verpasst. Da konnten sie doch wenigsten auf ihn anstoßen.

Nanno aber schaute auf die Uhr. „Meine Tasche mit den Manuskripten liegt noch hinter der Bühne", sagte er. „Die will ich unbedingt holen, ehe alles dicht ist. Ich habe das Gefühl, mir könnte heute Abend noch etwas einfallen."

Stahnke seufzte und winkte der Bedienung.

Es war schon halb neun, als sie die Halle wieder erreichten, die von außen so viel unscheinbarer aussah als von innen. Die Hauptportale waren längst geschlossen, für die Aussteller aber gab es einen Seiteneingang, der mindestens bis neun Uhr abends geöffnet sein sollte.

„Die Tür steht sogar offen", sagte Nanno im Näherkommen. „Wohl wegen der schlechten Luft."

Stahnke schüttelte den Kopf. Da stand ein Streifenwagen, außerdem der Wagen des Notarztes. Und daneben hielt gerade ein Leichenwagen. „An der Luft liegt es sicher nicht", sagte der Hauptkommissar.

Die Hallenbühne war ähnlich umlagert wie am Nachmittag bei der Podiumsdiskussion, nur hielt das Publikum, das jetzt ausschließlich aus Verlegern, Lektoren, Buchhändlern und Autoren bestand, mehr Abstand.

„Was ist denn hier passiert?", fragte Stahnke mit gedämpfter Stimme, ohne jemand bestimmtes anzusprechen, während er sich vorsichtig in den Halbkreis hinein drängte.

„Es ist furchtbar", sagte ein hagerer älterer Mann neben ihm, „ganz furchtbar. Herr Sattler ist tot."

Sattler. Als ob sie es geahnt hätten. „Und wie ist das passiert?"

Der hagere Mann schüttelte sich und flüsterte fast: „Erdrückt. Sein Kopf wurde regelrecht zerquetscht. Er ist unter den Fahrstuhl gekommen. Den Fahrstuhl zur Bühne." Er sah Stahnkes Gesichtsausdruck und hob beide Hände auf Brusthöhe, Handflächen nach vorn: „Erklären kann sich das keiner. Vielleicht wollte er nach oben – aber wie er dann unter das Ding drunter gekommen ist … niemand hat es gesehen."

Schritt für Schritt schob sich Stahnke zur Absperrung vor, Nanno in seinem Kielwasser. Die Bühnenecke mit dem Fahrstuhl war durch zwei Stellwände, die offensichtlich zu einer Kochbuch-Ausstellung gehört hatten, abgeschirmt. Dahinter flammte in unregelmäßigen Abständen ein Blitzlicht auf. Die beiden Bestatter mit dem Leichenkoffer warteten noch im Hintergrund. Arzt und Erkennungsdienst waren also noch an der Arbeit.

Da waren die beiden Frauen, Rita Kampnagel und Tamara Schulze. Sie standen vor der Bühne, annähernd in der Mitte, flankiert von zwei jungen Kriminalbeamten, die eifrig Notizen machten. Und da war Konrad Stumpf, weiter links, auf dem Bühnenrand sitzend und mit den langen Beinen baumelnd. Auch bei ihm standen zwei Polizisten, die er aber kaum beachtete; statt auf ihre Fragen zu antworten, starrte er immer nur hinüber zu Tamara Schulze.

„Wer mag wohl der Leiter der Ermittlungen sein?", murmelte Stahnke. „Von denen jedenfalls keiner."

Nanno schob sich neben ihn. „Jedenfalls haben sie eine hübsche Sammlung von Verdächtigen beisammen", sagte er. „Oder glauben Sie an einen Unfall?"

Stahnke schüttelte heftig den Kopf. „So langsam, wie sich das Ding bewegt, ist das ausgeschlossen. Wer seinen Schädel da drunter legt, ist entweder bewusstlos oder schon tot."

„Vielleicht ein unglücklicher Sturz nach Herzattacke?", fragte Nanno.

Stahnke schaute ihn missbilligend an. „Die Chance, dass einer so maßgerecht hinfällt, dürfte unterhalb der Promille-Grenze liegen", knurrte er. „Für mich ist klar, dass jemand nachgeholfen hat. Und zwar einer von den dreien da, nach allem, was ich weiß."

„So sicher?"

„Alle drei sind groß und kräftig genug, auch die beiden Frauen", sagte Stahnke. „Zumal Sattler ja kein Schwergewicht war. Ihn niederzuschlagen und übers glatte Parkett zum Fahrstuhl zu schleifen, dazu ist jeder der drei in der Lage."

„Vielleicht kann man ja anhand der Spuren erkennen, wer es getan hat."

„Unwahrscheinlich auf diesem Untergrund", wehrte Stahnke ab. „Und Zeugen gibt es auch keine, wenn sich der Herr da hinten nicht irrt. So herum kommt man demnach nicht ran. Also muss es übers Motiv gehen." Unwillkürlich rieb er sich die Hände. So hatte er es am liebsten.

„Das von Stumpf scheint mir am stärksten", sagte Nanno. „Erst spannt Sattler ihm die Frau aus, dann beleidigt er ihn, schließlich hängt er ihm noch eine Klage an – das sollte reichen."

Stahnke runzelte die Stirn. „Da bin ich nicht sicher. Die Trennung liegt schon eine Weile zurück, ohne dass Stumpf reagiert hätte. Für die Beleidigung hat er sich direkt revanchiert, mit ein paar Ohrfeigen. Und die Klage? Erst einmal abwarten, was dabei herauskommt. Nein, auf meiner Liste steht Stumpf nicht ganz oben."

„Also Tamara Schulze." Nanno legte beide Hände fest auf seine Oberschenkel, die gerade unkontrolliert zu zucken begonnen hatten. Stahnke kannte das schon: Muskelkontraktionen, die der Querschnittsgelähmte nicht steuern konnte. Das ging vorüber.

„Tamara Schulzes Erregung ist frisch", dozierte Stahnke. „Die Frage ist, was Sattler ihr während des Streitgesprächs noch alles an den Kopf geworfen hat. So in der Art: 'Im Schreiben bist du nicht halb so gut wie im Bett, und da ist deine beste Zeit auch vorbei.' Oder so."

„Aber Stahnke!"

„Hypothese. Was bleibt mir übrig? Andere machen sich bei der Arbeit die Hände schmutzig, ich mir meine Gedanken. Was ich nicht denken kann, das kann ich mir auch nicht vorstellen."

Irgendwie hatte Nanno das Gefühl, dass das gerade eine Tautologie gewesen war. Aber er ging lieber nicht darauf ein. Außerdem sprach Stahnke schon weiter.

„Aber Tamara Schulze ist auch nicht meine Favoritin. Sondern Rita Kampnagel."

„Das kann ich nun überhaupt nicht verstehen", sagte Nanno. „Gut, sie ist die Verstoßene. Aber sie hat sich doch mit ihrem Schicksal abgefunden, ganz offensichtlich. Ist an der Seite des Ex-Geliebten geblieben und lektoriert die Texte der neuen Flamme. Warum soll die jetzt plötzlich …"

„An der Seite des Noch-Geliebten!" Triumphierend hob Stahnke den Zeigefinger. „Das macht den Unterschied! Rita Kampnagel hat sich nie abgefunden, sie hat abgewartet, auf eine neue Chance. Und als heute der große Streit ausgebrochen ist zwischen Sattler und der Schulze, da hat sie gedacht, ihre große Chance ist da."

„Und?"

„Nichts und. Sie hat sich getäuscht. Wurde enttäuscht. War nichts mit dem großen Bruch. Die beiden haben sich gefetzt und dann wieder versöhnt. Und das, eben diese enttäuschte Hoffnung, hat Rita Kampnagel aus der Fassung gebracht. Tja." Beifall heischend blickte Stahnke auf Nanno herab, die Handflächen wie ein Buddha vor dem Bauch aufeinandergelegt.

Statt Beifall erhob sich um sie herum ein Raunen. Zwei Menschen waren aus einer versteckt gelegenen Seitentür herausgetreten, ein Mann und eine Frau. Hinter ihnen gingen zwei Polizisten in Uniform.

Der Mann sah auf den ersten Blick aus wie eine exakte Kopie von Stahnke: Groß, breitschultrig, igelhaarig, massig um die Körpermitte. Die Unterschiede – er war sichtlich älter, grauhaarig statt weißblond und deutlich besser rasiert – offenbarten sich auf den zweiten Blick, trotzdem war sich Stahnke sicher, hier seinen Kollegen vor sich zu haben, den Ermittlungsleiter.

Die Frau hatte er schon einmal gesehen. Richtig: Die Matrone mit dem Panzerbusen, jetzt ohne Blümchenhut.

Stahnke zückte seinen Dienstausweis, hielt ihn dem nächststehenden Uniformierten unter die Nase und stiefelte los.

„Hauptkommissar Stahnke aus Ostfriesland", stellte er sich vor. „Bin nur zu Besuch hier, aber ich habe da ganz zufällig ein paar Zusammenhänge in Erfahrung gebracht, die vielleicht hilfreich sein könnten. Wenn Sie gestatten …"

„Sicher, gern, Herr Kollege." Stahnkes Gegenüber wahrte die Form, trotzdem blitzte Ungeduld durch die Ritzen der Fassade seiner Höflichkeit. „Aber vielleicht etwas später, wenn es recht ist. Jetzt muss ich erst einmal Frau Sattler aufs Präsidium bringen."

„Frau Sattler?" Es war kein Spiegel in der Nähe, aber das amüsierte Grinsen des Mainzer Kollegen verriet Stahnke genug über seinen gegenwärtigen Gesichtsausdruck.

„Ganz recht. Sie hat bereits gestanden." Er tippte an eine imaginäre Hutkrempe: „Wenn Sie uns jetzt entschuldigen würden."

Stahnke schlich zurück zu Nanno.

„Wussten Sie, dass Sattler verheiratet war?", fragte er.

„Klar", sagte Nanno.

„Arschloch", sagte Stahnke.

QUALLEN

Kurz vor Sonnenaufgang hörte der Lärm endlich auf; an Schlaf aber war trotzdem nicht mehr zu denken. Cornelia glaubte zu spüren, wie ihr Schädel im Rhythmus ihres zornig pochenden Herzens pulsierte und das hölzerne Kopfteil des Bettes in dröhnende Schwingungen versetzte. Ächzend wühlte sie sich zwischen den schweißfeuchten Laken hervor, tastete nach ihren Zigaretten, zog sich den Jogginganzug über und trat vor die Haustür.

Gerade lugten die ersten Sonnenstrahlen über den Deich. Rauchend schlenderte Cornelia die menschenleere Sielstraße entlang und stieg die Backsteintreppe zur Deichkrone empor. Die Morgenbrise, die sie oben empfing, war noch kühl, trotzdem schien es wieder ein schöner Tag zu werden, ungewöhnlich sonnig und warm, so wie gestern.

Also würden diese Dummköpfe auch in der kommenden Nacht wieder am Deich saufen und grölen und randalieren und ihre Ghettoblaster gegeneinander anbrüllen lassen. Und an Schlaf würde wieder nicht zu denken sein.

Der Wind ließ Plastikbecher, Pommesschalen, Papiertüten und anderen Müll um ihre Waden herumtanzen. Splitter von zertrümmerten Flaschen knirschten unter ihren Sandalen. Die Abfalleimer rund um den Flaggenmast quollen über, und die Sitzbank war vollgekotzt. Mit angehaltenem Atem hastete sie vorbei. Schon nach wenigen Laufschritten begannen ihre Brüste wieder zu schmerzen.

Unten am Bootsanleger hatten sich die Yachten bereits aus ihren Schlickbetten erhoben. Die Flut lief kräftig auf, und dort, wo sich die Silhouetten der Emder Hafenanlagen immer deutlicher aus dem schnell schwindenden Frühdunst herausschälten, waren die ersten emsaufwärts fahrenden Schiffe auszumachen. Zwei Fischkutter waren darunter. Gut möglich, dass einer davon Holgers *Jantje* war.

Cornelia war zum Heulen zu Mute, und sie ließ ihren Tränen freien Lauf. Hier sah sie ja keiner. Und wenn doch – die Leute redeten sowieso.

Was zum Teufel hatte sie hier auch zu suchen, hier in diesem Kaff mitten im Niemandsland zwischen Deutschland und Holland, zwischen Wasser und Schlick, das selbst die Einheimischen das „Endje van 't Welt" nannten. Natürlich war Ditzum ein malerisches Fischerdörfchen, eins mit Kuttern und Kirchturm und Windmühle, wie aus dem Bilderbuch, aber wie lange hielt das vor? Selbst Touristen blieben selten länger als ein, zwei Wochen. Und die Ditzumer wollten sie auch gar nicht länger hier haben. Sogar die Wirte und Vermieter mit den Eurozeichen in den Augen ließen ihre Gäste deutlich spüren, wozu sie gut waren. Letzte Bestellung abends um zehn, Bürgersteige hoch um elf, aufessen, austrinken und tschüss. In Ditzum war man eben gerne unter sich.

Nicht, dass die Ditzumer etwas gegen Fremde gehabt hätten. Sie mochten eben nur keine Fremden, die nicht von hier waren. Und Cornelia war ganz eindeutig nicht von hier.

Warum aber war sie hier? Die Antwort hieß Holger, einzig und allein Holger. Der große, weizenblonde Kerl, der wenig redete, aber viel lachte, und dessen Küsse tatsächlich nach Salz schmeckten, wenn er gerade von See kam und noch nicht geduscht hatte. Holger, der so ganz anders war als die Jungen, mit denen sie bis dahin etwas gehabt hatte. Er hatte ihr den Atem verschlagen. Und den Verstand offenbar gleich mit.

Umgekehrt musste es ähnlich gewesen sein. Gegen Cornelia, die Miss Ammerland mit den rasierten Beinen und dem gepiercten Nabel, musste eine Sarah Connor doch wie ein Kleinstadttrampel wirken, sollten sie jemals gemeinsam auf ein und derselben Bühne stehen. Aber genau darauf war Cornelia ja bereit gewesen zu verzichten, nachdem sie Holger kennen gelernt hatte. Zu verzichten auf eine Karriere als Model und Sängerin, die greifbar nahe, praktisch schon eingeleitet war. Zu Gunsten eines Lebens mit Holger. Eines ursprünglichen Lebens an der Küste, so nahe an der Natur wie nur möglich.

Nun ja – dass Holger ein Spross der Börgers-Dynastie war, der neben der halben Kutter-Flottille auch jede Menge Grund und Boden im Rheiderland gehörte, hatte Cornelias Entscheidung nicht gerade behindert. Gut situiert und mit einem saftigen Erbe in Aussicht ließ sich die Natur schließlich doppelt genießen.

Schon nach kurzer Zeit aber hatte ihr das Küstenleben gestunken. Buchstäblich. Was war das bloß für ein Kaff, in dem nichts, aber auch gar nichts Interessantes los war – und in dem man trotzdem nachts nicht ruhig schlafen konnte?

Und mit diesen Ditzumern, die schon die Nasen rümpften und die Köpfe zusammensteckten, wenn sie nur auf der Straße rauchte, wusste sie überhaupt nichts anzufangen. Ebenso wenig wie die mit ihr.

Viel schlimmer aber war, dass sie Holgers Schweigsamkeit längst nicht mehr reizvoll fand, sondern nervtötend. Und seine festen, harten Hände waren durchaus nicht nur sexy. Holger hatte sich als sehr jähzornig entpuppt. Er sagte selten etwas zweimal, und er stritt sich nie mit ihr. Statt dessen langte er zu. Und wenn die Ditzumerinnen am nächsten Tag auf der Straße verstohlen grinsten, wenn sie ihr begegneten, dann wusste Cornelia, dass es Holger egal sein konnte, ob man hinterher Spuren sah. Vielleicht legte er es sogar darauf an. Ein echter Mann ist eben stolz auf seine Werke.

Tatsächlich, der dunkelrote Kutter dort hinten war die *Jantje*. Also war es so weit. Wütend zertrat sie ihre Kippe. Schluss damit. Schluss mit Holger, Schluss mit Ditzum, Schluss mit diesem Leben. Noch war es nicht zu spät. Sie hatte Holgers viertägige Abwesenheit gut genutzt. Gregor, ihr Agent, hatte sie mit offenen Armen empfangen; vielleicht hätte sie nicht einmal mit ihm schlafen müssen, aber ihr war sowieso danach gewesen. Und die Operation war auch gut verlaufen. Sie hatte kostbare Karriere-Monate verloren, die musste sie aufholen, da konnte etwas Aufrüstung nicht schaden. Mit ihrem neuen Busen würde sie auf jedes Titelblatt kommen, sobald die Narben erst verheilt waren.

Sie zog den Reißverschluss ihrer Jacke ein Stückchen herunter, während sie in Richtung Hafen ging, wo die *Jantje* soeben mit dem Anlegemanöver begann. Er sollte ruhig sehen, was er verlor. Und auch, dass es kein Zurück mehr gab.

*

„Und dann?“, fragte Stahnke.

Der große weizenblonde Mann zuckte die Achseln.

Wenn er das noch einmal macht, dann hau ich ihm eine runter, dachte Stahnke. Auch wenn er genauso groß ist wie ich. Meine Gewichtsklasse aber hat der nicht, da muss der noch eine Weile dran arbeiten.

Hauptkommissar Stahnke neigte gewöhnlich nicht dazu, zähe Verhörsitzungen durch das Austeilen von Ohrfeigen aufzulockern, und er tat es auch jetzt nicht, beschränkte sich vielmehr darauf, scharf und laut durch die Nase einzuatmen. Dieser Fischer da aber reizte ihn wirklich bis aufs Blut. Entweder sagte der immer dasselbe, oder er sagte überhaupt nichts, schüttelte nur den Kopf oder zuckte die Achseln. So wie gerade eben. Und das Stunde um Stunde.

„Am Dienstag letzter Woche, früh um halb sechs, gleich nach dem Einlaufen in Ditzum, kam Ihre Frau also zu Ihnen an Bord“, sagte Stahnke. Ob zum hundertsten oder zweihundertsten Male, wusste er nicht.

Holger Börgers nickte.

„Sie hatten einen heftigen Streit.“

Börgers nickte.

„Sie haben sie geschlagen.“

Börgers schüttelte den Kopf.

„Leugnen Sie nicht, es gibt Zeugen.“

Klar gab es die, nur hatte lediglich einer von ihnen ausgesagt. Und die Aussage gleich am nächsten Tag widerrufen. Schlechte Augen, schlechtes Gehör, muss mich wohl geirrt haben. Wie das so war auf dem Dorf.

Börgers zuckte die Achseln.

„Gleich darauf sind Sie wieder ausgelaufen“, sagte Stahnke. „Kaum dass Sie Ihren Fang gelöscht hatten. Bisschen eilig, oder?“

„Ich muss mein Geld eben mit Arbeit verdienen“, sagte Börgers. Aus seinem Mund klang das wie Beamtenbeleidigung.

„Was fangen Sie denn so?“, fragte Stahnke.

„Seezunge“, sagte Börgers, „Seezunge, wie immer um diese Zeit. Da muss man sich ranhalten. Der Holländer schläft nicht.“

„Seezunge“, wiederholte Stahnke. Lecker. Ihm wurde bewusst, dass sie das Mittagessen überschlagen hatten. „Und wie ist es mit dem Beifang? Irgend etwas Verwertbares?“

Börgers grinste. „Quallen“, sagte er, „zentnerweise, wenn man Pech hat. Habe noch keinen gefunden, der damit was anfangen kann.“

„Und Ihre Frau haben Sie mitgenommen, raus auf See“, sagte Stahnke.

Börgers schüttelte den Kopf.

„Aber sie ist seit Dienstag letzter Woche verschwunden.“

„Sie ist abgehauen.“ Börgers blickte Stahnke an, ohne zu zwinkern. „Sie hat mich verlassen. Knall auf Fall. Sachen gepackt und weg. Weiß auch nicht wohin.“

„Sie haben sie aber auch nicht vermisst“, sagte Stahnke. „Die Vermisstenanzeige jedenfalls stammt nicht von Ihnen, sondern vom Agenten Ihrer Frau.“

Börgers zuckte die Achseln. Stahnke zuckte zusammen.

Die schmächtige Akte „Vermisstensache Cornelia Börgers geb. Straub“ lag aufgeschlagen vor ihm auf dem Schreibtisch. Gregor Krallmann, der Agent, hatte gleich mehrere Fotos zur Verfügung gestellt. Eine Frau aus einem Tankstellenkalender, dachte Stahnke. Ein Gesicht wie ein verruchter Rauschgoldengel, und ein Körper – nun ja, wie solche Frauen ihn eben hatten. Woher, das mochte der Teufel wissen. „Den Busen hat sie sich gerade erst neu machen lassen“, hatte Krallmann geschwärmt. Stahnke fand die Brüste, die auf den meisten der Fotos kaum und auf einem gar nicht verhüllt waren, ohnehin schon unnatürlich prall. Sein Geschmack war das nicht.

„Ihre Frau ist also nach dem Streit wieder von Bord gegangen“, sagte Stahnke.

Börgers nickte.

„Kann das jemand bezeugen?“

Börgers zuckte die Achseln.

Gut möglich, dass es morgen einer bezeugen kann, dachte Stahnke. Der eine kann plötzlich nicht mehr gucken, der andere kann sich auf einmal erinnern – so war das eben auf dem Dorf. Holger Börgers war nicht irgendwer in Ditzum. Er gehörte dazu.

Stahnke starrte den Fischer an; der blickte gelassen und wie unbeteiligt zurück. Aber so ruhig war Holger Börgers nicht immer. Das wusste der Hauptkommissar inzwischen. Einen wie Börgers kannte man nicht nur im Ditzumer Hafen, und anderswo waren die Leute gesprächiger. Aufbrausend sei er, hieß es, eitel und schnell beleidigt. Die Fäuste säßen ihm locker. Einer wie der ließ sich bestimmt nicht gern vor vollendete Tatsachen stellen. Schon gar nicht von einer Frau.

Man hatte Börgers' Frau an Bord der *Jantje* gehen sehen, letzte Woche Dienstag um fünf Uhr dreißig. Der Decksmann war von Bord gegangen, um sich auszuschlafen, und ein anderer war kurz vor dem Auslaufen an Bord gekommen, von Börgers kurzfristig informiert, wie es bei ihm üblich war. Die beiden Seeleute waren weitläufig mit dem Börgers-Clan verwandt. Stahnke hatte mit ihnen gesprochen, sie wussten mit ziemlicher Sicherheit von nichts. Noch während der Fang gelöscht wurde, hatte es einen Streit zwischen Börgers und seiner Frau gegeben, anschließend Handgreiflichkeiten, keine Frage. Kurz darauf war die *Jantje* erneut ausgelaufen. Seither war Cornelia Börgers, geborene Straub, verschwunden.

„Sie haben Ihre Frau im Affekt erschlagen", sagte Stahnke. „Sie sind rausgefahren auf die Nordsee und haben die Leiche über Bord gehen lassen, achteraus, während Ihr Decksmann am Ruder stand. Darum hat der nichts mitgekriegt."

Börgers schüttelte den Kopf. „Meine Frau hat mich verlassen. Sie hat doch alle ihre Klamotten mitgenommen."

„Die Kleidung Ihrer Frau haben Sie gleich mit versenkt", sagte Stahnke. „Bei Ihnen zu Hause fehlt nur die Bekleidung Ihrer Frau, sonst nichts. Sie hat kein Möbelstück mitgenommen, kein Buch, keine CD. Wir haben das überprüft. Wie erklären Sie sich das?"

„Sie ist doch bei mir eingezogen", sagte Börgers, „die Sachen waren alle schon vorher da. Bis auf ihre Klamotten."

„Mag sein", sagte Stahnke. „Rein rechtlich aber gehört Ihrer Frau im Falle einer Scheidung die Hälfte Ihres gemeinsamen Besitzes, und das ist nicht wenig. Warum sollte sie darauf verzichten?"

Börgers zuckte die Achseln.

Du hast es getan, dachte Stahnke. Du hast sie erschlagen. Sonst würdest du hier nicht so ruhig sitzen. Einer wie du würde rumbrüllen und mir Prügel androhen, wenn er unschuldig wäre. Du hast sie erschlagen und versenkt, und jetzt ziehst du hier deine Musterknaben-Show ab, weil du sicher bist, dass wir dir ohne Leiche nichts anhaben können. Ohne Leiche und ohne Zeugen. Tja, verdammt. Und wie es aussiehst, hast du damit sogar Recht.

„Sie können gehen“, sagte Stahnke.

Es dauerte einen Augenblick, ehe Börgers reagierte. Der Fischer erhob sich langsam, ging gemessenen Schrittes zur Tür. Heuchler, dachte Stahnke. Lass mich nur etwas in die Hand bekommen, irgendwas Konkretes, eine Aussage, ein Indiz, dann knickst du ein, da bin ich sicher.

„Auf Wiedersehen“, sagte Börgers.

„Bestimmt“, sagte Stahnke.

*

Sina zupfte an ihrem Bikini-Oberteil herum. „Letztes Jahr hat mir das Ding noch gepasst“, maulte sie. „Sag mal, bin ich etwa dicker geworden?“

Stahnke grinste: „Da oben darfst du gerne dicker werden. Aber nein, ich glaube nicht.“

Sina stemmte die Fäuste in die Seiten: „Heißt das etwa, mein Busen ist dir zu klein? Soll ich ihn mir etwa aufpumpen lassen? Oder auspolstern?“

„Unsinn.“ Wenn es um Sinas Aussehen ging, wurde jedes seiner Worte auf die Goldwaage gelegt; Stahnke wusste das, und trotzdem geriet er immer wieder in Situationen wie diese. „Ich finde dich toll, so wie du bist. Das weißt du doch.“

„Aus Mitleid vermutlich. Obwohl ist zu dick bin und einen zu kleinen Busen haben.“

Stahnke wälzte sich auf seinem Badelaken herum und grabschte nach Sina. „Wenn hier einer dick ist, dann bin ich das, verstanden? Und wenn du noch ein Wort gegen deinen Busen sagst, gibt es Ärger. Dein Busen steht unter meinem persönlichen Schutz. Was brauchst du einen Büstenhalter, du hast doch mich.“

„Finger weg!“, quiekte Sina. Zwei ältere Damen, die gerade vorübergingen, schauten pikiert zur anderen Seite.

Sinas Idee, zwei Wochen Sommerurlaub ausgerechnet auf Borkum zu verbringen, war bei Stahnke zunächst auf Ablehnung gestoßen. In der Emsmündung, so dicht vor der eigenen Haustür? Außerdem war Stahnke Ostfriese – und damit felsenfest davon überzeugt, dass die ostfriesischen Inseln fest in der Hand von Binnenländern und deshalb viel zu teuer und überhaupt völlig verdorben seien. Zudem standen ostfriesische Sommer nicht grundlos in dem Ruf, kalt und nass zu sein. Sina aber hatte sich durchgesetzt, und siehe da, die Insel war zwar wirklich teuer und voller Binnenländer, aber das Wetter und der Strand waren herrlich und damit alles andere sowieso egal.

„Aber warum eigentlich nicht?“, fragte Sina.

„Warum was nicht?“

„Silikon.“ Zeitgleich vergewisserten sie sich per Seitenblick, dass die beiden älteren Damen außer Hörweite waren, und prusteten gleichzeitig los. „Das ist heute doch überhaupt kein Problem mehr. Man lässt die Kissen einsetzen und wieder rausnehmen, wie es einem gerade in den Sinn kommt. Die Pamela Anderson tut das auch, habe ich neulich noch gelesen. Außerdem gibt es jetzt auch welche zum Aufpumpen.“

„Pamelas? Das wundert mich nicht.“

Sina boxte ihn in die Seite: „Quatsch, Brustpolster. Allerdings kann ich mir nicht vorstellen, wie das mit dem Aufpumpen gehen soll.“

„Na, mit Ventilen, denke ich. Die könnte man doch hier vorne sehr gut integrieren ...“

Sie klopfte ihm auf die Finger: „Ferkel.“

„Wieso ich? Du hast doch mit diesem Schweinkram angefangen.“

„Weil du meinen Busen größer haben wolltest.“

Stahnke holte Luft, klappte den Mund aber wieder zu. Hier war jedes weitere Wort zwecklos.

Die Frau mit der Tankstellenkalenderfigur fiel ihm plötzlich ein. Cornelia Börgers, geborene Straub. Noch immer hatte man nichts gefunden, weder einen Hinweis noch sic selbst. Beziehungsweise ihre Leiche. Wenn Holger Börgers seine tote Frau tatsächlich in die Nordsee geworfen hatte, dann war inzwischen wohl kaum noch etwas von ihr übrig. Vermutlich hatte er sie außerhalb der Fanggründe versenkt, damit sie keinem Kollegen versehentlich ins Netz geriet, und sie sorgfältig beschwert, damit sie nirgendwo angetrieben werden konnte. Für einen Fischer wie Börgers war die Nordsee ein Komplize.

Trotzdem hatte Stahnke die Hoffnung nicht aufgegeben. Irgendwann würden sie auf etwas stoßen, und dann würde der Mann einknicken, da war er sich sicher. Und ganz Ditzum würde Augen machen.

„Ich gehe ins Wasser“, sagte Sina und stand auf. Stahnke nickte abwesend und erhob sich ebenfalls. Langsam trottete er hinter ihr her.

„Iiiiihh!“

Der schrille Schrei riss ihn aus seinen Gedanken: „Was ist los?“

„Quallen!“ Sina zeigte angeekelt auf die glibberigen Häufchen am Spülsaum. „Wenn solche Dinger im Wasser sind, gehe ich nicht rein. Ist ja widerlich.“

„Reg dich nicht auf, das sind Kompassquallen, daran verbrennt man sich nicht.“ Zum Beweis griff Stahnke nach einem der durchsichtigen, wabbeligen Hügelchen, obwohl er sie selbst alles andere als anziehend fand.

Das Ding fühlte sich merkwürdig an. So – unnatürlich. Ein Tier war das nicht. Stahnke tunkte das runde Teil ins Wasser, spülte es ab und betrachtete es genauer.

„Kunststoff“, murmelte er. „Ein Silikonkissen.“

„Was?“, fragte Sina. „Aber wie kann das denn hier ins Wasser gekommen …“

Sie stockte, als ihr die Antwort einfiel, ehe sie die Frage ganz ausgesprochen hatte.

„Da“, sagte Stahnke. Seine dicker Zeigefinger wies auf eine Stelle am Rand des Implantats. „Siehst du das?“

Sina kniff die Augen zusammen: „Eine Nummer. Ach, die Dinger werden wohl registriert, ehe man sie einsetzt? Dann kann man ja rauskriegen, von wem dieses hier stammt.“

„Genau“, sagte Stahnke. „Ich schätze, da wird einer eine böse Überraschung erleben.“ Er lächelte: „Was heißt einer. Ein ganzes Dorf!“

Wir spielen das Spiel der Liebe

„Wir spielen das Spiel der Liebe!“ Der Mann mit dem Mikrofon stolzierte auf seiner verchromten Empore auf und ab wie ein Traumschiff-Kapitän auf seiner Brücke. Dabei sah er mit seiner verbeulten, erdbraunen Bundfaltenhose, dem auberginefarbenen Grobstrickpullover mit dem ausfransenden Loch am rechten Ellbogen und dem kleinkarierten Pepitahütchen nicht im Entferntesten aus wie ein Kapitän, und sein Wandelgang war auch keine Kommandobrücke, sondern Bestandteil einer fahrbaren Losbude. Das Timbre seiner trainierten Baritonstimme hätte aber durchaus zu einer Galauniform samt weißer Schirmmütze gepasst. Etwas von dieser Stimme, der man ohne weiteres ein Patent für Große Fahrt zutraute, schlug offenbar zurück auf die Haltung dieses Losbuden-Lockvogels, dem man nach seinem Äußeren nicht einmal den Besitz eines gültigen Führerscheins abgekauft hätte. Dieser Mann und seine Erscheinung waren eine Sache, seine Stimme und sein Auftreten eine ganz andere. Backe starrte und lauschte fasziniert.

„Wir spielen das Spiel der Liebe!“ Dieser Satz, immer wieder melodiös und bei aller Routine geradezu emphatisch deklamiert, die Betonung zuverlässig zweimal auf „Spie“ und einmal auf „Lie“, bezog sich wohl auf die Herzchen auf den Losen. Herzchen in fünf verschiedenen Farben, jede Farbe mit einem anderen Punkte-Wert, außerdem natürlich Nieten. Die Punkte konnten addiert werden, für einen Hauptgewinn aber brauchte man Herzchen aller Farben, und da steckte natürlich der Haken, Liebe hin oder her.

Grün war der Sperrwert. Backe hatte das leicht herausgefunden, durch den Kauf einer Hand voll Lose. Alle Farben waren dabei, Nieten sowieso, aber kein Grün. Backe hatte immer nur ein bisschen Glück, nie das große, das wusste er genau nach inzwischen zweiundvierzig Lebensjahren, darauf konnte er sich verlassen. Für seine Los-Herzchen im Gegenwert von zehn Euro bekam er an der Ausgabe für mindere Gewinne eine Plastikrose und eine kleine Pfeife mit Sirenenton, ebenfalls aus Plastik. Nun ja, wenn schon. Das hier war schließlich der Gallimarkt und nicht Spielwaren Harms.

„Wir spielen das Spiel der Liebe!" Der abgerissene Jahrmarktsausrufer beugte sich ein wenig zur Seite und läutete eine Glocke, und die wohltönende Stimme des Kapitän verkündete: „Schon wieder ein Hauptgewinn! Die freie Auswahl, meine Dame, Sie haben die freie Auswahl! Hauptgewinne, immer wieder Hauptgewinne! Mitmachen, dabei sein! Wir spielen das Spiel der Liebe!" Er fingerte eine der unförmigen gelben Plüschfiguren aus der stufenförmigen Stellage und überreichte sie der Gewinnerin.

Die rothaarige junge Frau nahm ihren Gewinn mit weit ausgestreckten Armen und unbekümmertem Strahlen entgegen. Backe erkannte sie sofort. Sina Gersema, bis vor wenigen Monaten noch die Freundin eines seiner besten Freunde. Nette Frau, echter Kumpel. Jetzt war sie mit diesem Stahnke zusammen. Nun ja, und wenn schon. Es war ihr Leben, und Backe war nicht der Typ, irgendjemandem Vorschriften zu machen. Solange man ihn ebenfalls gewähren ließ.

Sina knuddelte ihr neues Kuscheltier mit kindlicher Begeisterung. Stahnke, der sich soeben durch das dichte Jahrmarktsgewühl zu ihr hinschob wie ein Panzerkreuzer durch eine Flottille von Yachten, grinste schief und säuerlich. Tja, so war er, der Hauptkommissar Stahnke. Backe kannte ihn gut, besser als ihm lieb war. Nun ja, und wenn schon. Es war ja nicht so, dass er keinen Humor hätte, dieser Mann. Aber ihm fehlte die Lockerheit. Und ohne Lockerheit hatte man auf dem Leeraner Gallimarkt nichts verloren.

Jetzt hatte auch Sina Backe erspäht und winkte ihm zu. Langsam setzte er sich in Bewegung, ohne die Hände aus den Taschen seiner abgewetzten braunen Lederjacke zu nehmen, kreuzte die vorbeistrudelnden Menschenströme und baute sich breit lächelnd vor den beiden auf. Wenn Stahnke mit seinem massigen, breitschultrigen Körper und dem dicken, runden Schädel voller weißblonder Stoppeln in diesem Getümmel wie ein Panzerschiff wirkte, dann erinnerte Backe an einen Schlachtkreuzer. Immer wieder bereitete es ihm größtes Vergnügen, dass der gewiss nicht kleine Stahnke den Kopf in den Nacken legen musste, wenn er dicht vor ihm stand. Kein Wunder, dass er bei den Vernehmungen immer hatte sitzen müssen.

Sina stupste ihm die alberne Riesenpuppe ins Gesicht und boxte ihn in den Bauch. Backe nahm das hin wie ein gutmütiger Bernhardiner die spielerischen Zudringlichkeiten eines Kindes, während Stahnke so alarmiert glotzte wie der dazugehörige Kindsvater. Wenn das mal gut geht mit den beiden, dachte Backe und zwickte Sina zur Begrüßung in die Wange. Sie boxte erneut und lachte.

Stahnke lachte nicht. Aus diesem Kerl werde ich nicht schlau, dachte er. Beene Pottebakker, genannt Backe, ehemaliger Automechaniker und Autoschieber, Langzeitstudent und Dealer, fünfmal vorbestraft allein wegen Körperverletzung. Und doch gab es Leute, die schworen, dieser Backe sei ein Vorbild an Aufrichtigkeit, Nachsicht und Hilfsbereitschaft. Sina gehörte dazu. „Er trägt seine Seele offen mit sich herum“, hatte sie einmal gesagt. „Der Preis dafür sind Wunden. Und Drogen.“

Dass diese Wunden zuweilen bei anderen Menschen zu finden waren, mit denen Backe zu tun gehabt hatte, ebenso wie die Drogen, die er ihnen verkaufte, stand auf einem anderen Blatt. Stahnke hatte sich mit Sina darüber nicht gestritten. Ihre Liebe war noch zu frisch für solche Belastungsproben. Was nicht heißen sollte, dass er dieser Liebe nicht traute, oh nein. Aber man wusste ja nie.

Sina und Backe plauderten, wie man so plauderte, wenn man sich bei einsetzender Dämmerung auf dem Gallimarkt traf. Gallimarkt war in Leer nicht nur Tradition, sondern geradezu Religion. Jahrmärkte gab es viele, und die Fahrgeschäfte waren fast überall die gleichen. In Leer aber spielte sich der Rummel nicht auf irgendeiner feuchten Wiese am Stadtrand ab, sondern mitten im Zentrum, regelrecht hineingegossen in die Altstadt und fest mit ihr verdübelt. Diese Lage und diese enge Verzahnung machten den Leeraner Gallimarkt zu etwas Besonderem.

Stahnke fröstelte, es war Oktober, wurde schon dunkel, und die Kälte begann unter seinen Trenchcoat zu kriechen. Warum konnte er sich nicht einmal einen wärmeren Mantel zulegen? Bei diesem Gedanken fiel ihm ein, dass er genau das ja erst vor ein paar Wochen getan hatte. Das neue Ding musste zu Hause an der Garderobe hängen. Wer kam schon gegen seine Gewohnheiten an.

„Wir spielen das Spiel der Liebe!" Immer noch standen sie vor dieser Losbude herum. Wieder einmal wurde eine der großen gelben Puppen mit viel Tamtam überreicht. Ein paar andere fielen dabei von der Auslage herunter. „Welcher Idiot hat denn die Dinger da eingeräumt?", zischte eine Stimme, die nicht dem Kapitän gehörte, dicht neben dem nur halb abgedeckten Mikrophon. Weitere Plüschpuppen plumpsten dem Ausrufer vor die Füße. Wütend trat er zu, dass die Dinger nur so flogen. „Wir spielen das Spiel der Liebe!"

Stahnke griff nach Sinas Hand: „Wollen wir nicht mal weiter, so langsam?"

„Ist gut." Erneut boxte sie Backe in den Bauch: „Sehen wir uns gleich noch im *Tarax*? Da ist wieder Mucke heute Abend."

„Klar." Wieder lächelte Backe breit und zeigte sein lückenhaftes Gebiss. Stahnke nahm sich vor, mal in den Akten nachzusehen, wie viele Entzüge dieser Mann schon hinter sich hatte. Ein Mensch von weniger mammuthafter Konstitution hätte das niemals überstanden. Ob Backe wohl wusste, wie viel Glück er in seinem Leben schon gehabt hatte?

Jetzt nahm der Riese eine Hand aus der Tasche und führte sie zum Mund. Ein durchdringender, surrender, markerschütternder Heulton erklang, mit einem dunklen „Huu" beginnend und zu einem grellen „iiii" ansteigend. Ein beängstigender Ton, der Panik signalisierte. Und Sina reagierte panisch. Sie riss beide Hände hoch und presste sie auf ihre Ohren, drückte das Kinn auf die Brust und zog den Kopf ein. Stahnke zog die Augenbrauen zusammen.

Backe lachte schallend und wies die Plastikpfeife vor. „Blödmann", sagte Sina, nachdem sie sich wieder aufgerichtet und gefasst hatte. Diesmal boxte sie ihn nicht; anscheinend war sie wirklich verstimmt.

Sie verabschiedeten sich, und Backe schaute den beiden nach, wie sie in den anschwellenden Marktbesucherstrom eintauchten und von ihm weggespült wurden. Dann drehte er sich um und ging in die entgegengesetzte Richtung. Was ihm keine Mühe bereitete, denn die meisten Menschen, die ihm entgegenkamen, wichen ihm aus, und nur hin und wieder prallte ein Betrunkener von ihm ab. Backe achtete nicht darauf.

*

Auf dem Plakat stand: „Das Wrack im Frack“, und der abgebildete Künstler erinnerte stark an Joe Cocker auf der Rückseite des Covers von „Luxury You Can Afford“. Nett, dachte Backe. Er mochte Künstler mit Drogen-Karriere. Natürlich begrenzten Drogen das Leben, auf der anderen Seite erweiterten sie es aber auch. Das war wie bei einem halb gefüllten Luftballon, den man auf der einen Seite zusammendrückte und der dafür auf der anderen Seite um so praller wurde. Manchmal platzte er auch dabei. Nun ja, und wenn schon. Immer noch besser als schlaff dahingelebt.

Wie hieß der Mann? Jens-Paul Wollenberg, aha. Ein Dichter. Hm. Aber mit Band, immerhin. Piano und Saxophon. Backe liebte Saxophone, vor allem wenn sie klangen wie knarrende Türen. Und eine bildhübsche Sängerin war auch dabei. Also dann.

Von vorne war das *Taraxacum* eine Buchhandlung, hinten ein Restaurant, in dem man es sich wohl sein lassen konnte wie in einer Kneipe – oder aber eine Kneipe mit erstklassiger Küche. Ganz wie man wollte. Und wenn abends die schwere alte Holztür der Buchhandlung abgeschlossen wurde und man die Kneipe nur noch durch eine schmale Gasse erreichen konnte, wurde der Laden zum Kleinkunsttheater. Ein Schaufenster wurde zur Bühne umfunktioniert, Büchertische wurden zur Seite gerückt, Klappstühle aufgestellt, und im Durchgang wurde eine Kasse eingerichtet.

Halb acht war es und inzwischen stockdunkel. Das *Tarax* war nur mäßig gefüllt, was vermutlich am Gallimarkt lag, denn sonst war hier um diese Zeit schon mehr los. Dafür würde die Kneipe am späten Abend, wenn es auf dem Markt zum Feiern zu kalt wurde, rappelvoll sein.

Der größere Teil des Lokals erstreckte sich links vom Eingang, dort waren auch die Toiletten und der Durchgang zum Buchladen, aus dem gerade angenehm knarrende Klänge zu hören waren –

anscheinend spielte sich der Saxophonist ein. Rechts vom Eingang war es enger, dort dominierte die langgestreckte Theke, hinter der sich die Küche verbarg. Zwischen Barhockern und Fensterfront war gerade noch Platz für eine Reihe Tische. Ganz dort hinten, neben der Cappuccino-Maschine, saßen Sina und Stahnke, die dicke gelbe Plüschpuppe zwischen sich. Backe winkte kurz hinüber, wandte sich dann aber zur anderen Seite. Er war in der Zwischenzeit am Bahnhof gewesen und hatte absolut keine Lust, sich von einem Kriminalkommissar über Ziel und Zweck seines Zeitvertreibs ausfragen zu lassen. Oder war Stahnke inzwischen Hauptkommissar? Nun ja, und wenn schon. Dann ging ihn das doch wohl erst recht nichts an. Und das Röllchen Hunderter in seiner Jackentasche auch nicht.

Obwohl noch nicht viel los war, waren doch alle Tische am Rand und in den Ecken besetzt, überwiegend von Einzelpersonen und Paaren. Typisch Ostfriesen, dachte Backe, denken überhaupt nicht daran, sich zu anderen Leuten dazu zu setzen. Dann setzte er sich an einen der freien Tische in der Mitte.

Am Nebentisch, rechts von der Schwingtür, die Kneipe und Buchladen trennte, saß die hübsche Sängerin. Backe erkannte sie vom Plakat wieder. Der Mann aber, mit dem sie sich im Flüsterton unterhielt, war nicht der vom Plakat, obwohl auch er etwas von einem Wrack an sich hatte. Das war der Bursche aus der Losbude, registrierte Backe erstaunt. Der Mann mit den vielen bunten Herzen und dem wohltönenden Liebesspiel. Was hatte der hier verloren?

Ihm fiel ein, dass es vom Gallimarkt zum *Tarax* ja nur ein Katzensprung war. Schließlich machten auch Marktschreier mal eine Pause. Und dass der unscheinbare Mann in dem auberginefarbenen Lochpullover die bildschöne Sängerin kannte, war vielleicht auch gar nicht so ungewöhnlich. Fahrendes Volk eben, alle beide. Man kam herum, und Musik wurde schließlich überall gemacht. Man musste leben.

Am Nebentisch wurde es lauter. Da drüben entwickelte sich ein regelrechter Streit. Beide erhoben ihre Stimmen, er fordernd, sie abwehrend, er drohend, sie entschieden. Das ist kein Streit unter Kollegen, dachte Backe. Da ist mehr im Spiel, ganz egal, ob die sich hier zufällig getroffen haben oder nicht. Ob sie sich vielleicht irgendwann einmal in seine Stimme verliebt hatte? Wir spielen das Spiel der Liebe. Ach ja, und solche Strophen wie diese da gehörten auch dazu.

Die Frau erhob sich, wollte sich an ihm vorbeidrängen, Richtung Buchladen und Bühne, schließlich gab es einen Job zu erledigen. Der Mann sprang ebenfalls auf. Mit der linken Hand packte er sie, hielt sie fest. Mit der rechten zog er einen Gegenstand aus seiner Hosentasche, der sich zwischen seinen Fingern entfaltete wie ein chromblitzender Schmetterling. Die Frau schrie auf. Der Mann stach zu, von unten, mit einer fließenden Bewegung. Die Frau verstummte, presste beide Hände auf ihren Bauch und sank auf den Stuhl zurück. Blut sprudelte zwischen ihren Fingern hervor. Dann kippte sie mitsamt ihrem Stuhl zur Seite und fiel zu Boden. Es polterte laut.

Als Backe sich wieder bewegen konnte, schoss er förmlich von seinem Stuhl hoch und machte einen Schritt nach links, um seinen Tisch zu umrunden und sich den Kerl zu greifen. Das Messer machte ihm keine Angst. Messer waren gefährlich, wenn sie überraschend gezückt und eingesetzt wurden, so wie eben. Ein Messer, mit dem einer herumwedelte, war für Backes Pranken und Tentakelarme kein Problem. Eine Finte, ein schneller Griff, und der Gnom war entwaffnet.

Aber dazu kam es nicht.

Backe wurde von hinten gerammt wie von einem Panzerschiff und gegen seinen Tisch geschleudert. Ein Gegenstand segelte über ihn hinweg, polterte gegen die hintere Kneipenwand, schlitterte über den gekachelten Fußboden und blieb vor der Tür zum Herrenklo liegen. Eine Pistole, eine Walther offenbar. Backe drehte sich um und blickte direkt in Stahnkes entgeistertes Gesicht. Der Hauptkommissar hatte schneller reagiert als er und war mit gezückter Waffe an der Theke entlanggestürmt, bis Backe ihn mit einem Bodycheck gestoppt und dazu noch entwaffnet hatte. Na super.

Der Mann mit dem auberginefarbenen Pullover tänzelte jetzt vor ihnen herum, bis an die Augäpfel vollgepumpt mit Adrenalin, und schien ernsthaft zu erwägen, sich auf die beiden Männer zu stürzen, die sich ihm da in den Weg stellten. Auch Stahnke begann zu tänzeln, als wollte er einen Ausfall in Richtung Pistole machen, entschied sich angesichts der wild schwingenden Klinge aber dagegen und machte stattdessen einen plötzlichen Sprung Richtung Ausgang. Nicht um zu flüchten, sondern um eine Flucht zu verhindern.

Backe war immer noch hinter seinem Tisch eingekeilt. Als er ihn umwarf, stürzte der Messerstecher an ihm vorbei in den hinteren Teil des Lokals. Er will durch die Küche, dachte Backe. Oder durch eins der Fenster. Aber so war es nicht. Es war viel schlimmer. Der kleine Mann rannte zwischen Theke und Tischen hindurch, packte Sina, die inzwischen ebenfalls aufgestanden war, warf dabei den Stuhl mit der Puppe um, drückte Sina die blutige Klinge des Butterfly-Messers an den Hals und hielt sie wie einen Schild vor sich. Backe und Stahnke tauschten einen schnellen Blick und blieben reglos stehen.

Der Losbuden-Mann hielt seinen linken Arm um Sinas Taille geschlungen und drängte sie in Richtung Ausgang, auf Stahnke zu. Sina schrie, wand und wehrte sich. Schon war ihr Hals rot von Blut. Von fremdem Blut oder bereits von eigenem? Stahnke stand geduckt und hielt die Arme ausgebreitet wie ein Eishockeytorwart, schien aber unschlüssig. Alle Augen waren auf ihn gerichtet.

In diesem Moment wurde die Klotür von innen aufgestoßen, und eine struppige Gestalt, die stark an Joe Cocker erinnerte, blickte erstaunt in die Runde. Das Türblatt schwang wuchtig nach außen, traf die am Boden liegende Waffe und ließ sie wie einen Puck über die Kacheln schlittern – genau auf Backe zu. Der ging in die Knie und griff zu. Die drei an der Tür schienen nichts bemerkt zu haben und alle anderen Gäste waren vollauf damit beschäftigt, hinter ihren Tischen in Deckung zu bleiben. Freies Schussfeld, dachte Backe.

Bedenken hatte er keine. Wer Geiseln nahm, brauchte nicht auf Gnade zu hoffen. Jedenfalls nicht auf seine. Noch nie hatte Backe einen Menschen getötet, aber jetzt, jetzt würde er es tun. Backe hielt viel davon, jeden mit seinem Leben machen zu lassen, was er wollte. Das galt für die Sängerin, die da hinten auf dem Boden lag und verbluten würde, wenn hier nicht in den nächsten Minuten etwas passierte, und es galt für Sina. Sogar für Stahnke. Für den Kerl da mit dem blutigen Messer aber galt es nicht mehr.

Die Walther lag gut in der Hand. Sieben Meter Entfernung, kein Problem. Anvisieren, Druckpunkt nehmen. Wenn Sina nur stillhalten würde. Das tat sie aber nicht. Sie kämpfte, fuchtelte mit den Armen, drehte Kopf und Oberkörper hin und her. Der Mann hinter ihr war nicht größer als sie, immer wieder wurde sein Kopf von Sinas verdeckt. Ein Schuss war riskant, viel zu riskant.

Dann fiel es Backe wieder ein. Vorsichtig nestelte er das Ding mit der linken Hand aus seiner Tasche und hob es an den Mund. Ein durchdringendes Heulen ertönte.

Sina hielt sich die Ohren zu und zog den Kopf ein. Backe krümmte den Zeigefinger.

ALLES FLIESST

„Alles fließt", sagte Stahnke.

„Stimmt", sagte Kramer und beugte sich vorsichtig über das hölzerne Geländer. Unten strudelte gurgelnd und schäumend graubraunes Emswasser vorbei. „Darum heißt es ja wohl auch Fluss."

Stahnke schaute hoch und runzelte missbilligend die Stirn; Ironie oder gar Sarkasmus war er von seinem Assistenten nicht gewohnt. Kramer erwiderte den Blick mit verdächtig unschuldiger Offenheit. Ich werde dich im Auge behalten, Freundchen, dachte Stahnke und wandte sich ab.

Aber dort, wohin er nun blickte, lag der gigantische Schwimmkran. Da ragte der gewaltige Ausleger, da hing die riesige Traverse an armdicken Stahltrossen, und da baumelte die Leiche, den Kopf auf der Brust, den Strick im Genick, Arme und Beine leicht gespreizt. Stahnke zog die Schultern zusammen und senkte den Blick wieder. Frühmorgens war er besonders empfindlich.

Vielleicht aber lag es auch an der Jahreszeit. Wenige Tage vor Weihnachten war er auf baumelnden Christbaumschmuck und schwebende Engel gepolt, nicht aber auf frei schwingende Selbstmörder.

„Wo bleibt denn nun der Kranführer?", schnauzte er den Blaumannträger an, der mit ihnen zusammen auf dem fast fertigen nördlichen Hauptpfeiler des Ems-Sperrwerks stand. Eine Art Bauleiter war er, wenn Stahnke das richtig verstanden hatte, und führte den schönen Namen Janssen. Damit war er in Ostfriesland so gut wie anonym; Janssen war hierzulande eher ein Sammelbegriff denn eine Unterscheidung, und sollte es jemals einer politischen Partei gelingen, alle Janssens hinter sich zu bringen, dann war ihr die Macht kaum streitig zu machen.

Janssen drehte einen weißen Schutzhelm in den Händen und schien Anstalten zu machen ihn zusammenzuknautschen; seinen Händen nach zu urteilen, könnte ihm das vielleicht sogar gelingen, fand Stahnke. Die eigenen Hände behielt er lieber in seinen Manteltaschen. Es war neblig und kalt an diesem düsteren Morgen, und da waren Manteltaschen der einzig richtige Aufbewahrungsort für die Hände eines Kriminalhauptkommissars.

„Er muss jeden Augenblick kommen“, sagte Janssen, „ich habe schon vor einer Viertelstunde angerufen.“ Seine Stimme klang flehend, ein bisschen devot, fast weinerlich; ein auffälliger Kontrast zu Janssens breitschultriger, wettergegerbter Erscheinung. Seit wann haben solche Jammerlappen auf Baustellen das Sagen, überlegte Stahnke.

Die Füße der Leiche baumelten erneut in sein Blickfeld; offenbar hatte der Tidenstrom an Stärke zugenommen, und der Schwimmkran zerrte an seinen Trossen. Selbst so ein Koloss war für die Ems, deren Strömung mit jeder Vertiefung heftiger geworden war, kaum mehr als ein Spielzeug.

Die Leiche war ähnlich gekleidet wie Janssen: blauer Overall, offene orangefarbene Regenjacke, schwarze Stahlkappen-Schnürschuhe mit grobem Profil. Sein gelber Helm lag unter ihm auf dem rauen Beton; der auffrischende Wind ließ ihn taumeln und trudeln, ohne dass er seine Position wesentlich geändert hätte.

Der Tote hieß Tönjes, soviel wussten sie inzwischen. Walter Tönjes, Bauunternehmer aus Emden. Der Name war Stahnke wohlvertraut; die gelben, meist mit Sand- oder Zementplacken gesprenkelten Lastwagen mit diesem Schriftzug waren überall auf Ostfrieslands Straßen anzutreffen. Ausgehend von der Häufigkeit solcher Begegnungen, die fast regelmäßig mit Staus einher gingen, musste das Bauunternehmen Walter Tönjes nicht eben klein sein. Aber groß genug für ein Riesending wie das Ems-Sperrwerk war es ganz sicher nicht.

„Tönjes war Sub-Unternehmer?“, fragte Stahnke.

Janssen nickte. „Er ist verantwortlich für einen Teil der Betonarbeiten. Stahlbeton für Pfeiler und Drempel. Herstellung und Einbau. 45 000 Tonnen insgesamt, das schafft eine Firma alleine gar nicht.“ Janssen schluckte. „Ich meine natürlich, er war verantwortlich.“

Stahnke nickte, als seien solche Größenordnungen für ihn alltäglich. 45000 Tonnen Stahlbeton – tatsächlich war das eine Masse, die er sich kaum vorstellen konnte, auch wenn er mit den Füßen darauf stand. Auf einem Teil davon jedenfalls. Sechs länglich-ovale Stahlbetonpfeiler hatte man hier zwischen Gandersum und Nendorp im Flussbett der Ems errichtet, dazu zwei Randpfeiler in Ufernähe sowie zwei Halbinseln und zwei Anschlussdeiche, um das neue, fast 500 Meter breite Bauwerk mit den Sturmflutschutzwerken rechts und links des Stroms zu verbinden. Stahnke ließ seinen Blick hinüber zur Nendorper Seite schweifen. Die Ebbe lief, aber noch nicht lange; das Wasser stand hoch, und viel war von all den Stahl- und Betonmassen nicht zu sehen.

Kramer hielt ihm eine dünne, buntbedruckte Broschüre hin, nun wieder kommentarlos, wie man es von ihm gewohnt war. „Das Ems-Sperrwerk – Mehrzweck-Wasserbauwerk an der Unterems". Das Heftchen hatte er sich vermutlich bei Janssen besorgt. Stahnke blätterte: Grafiken, Querschnitte, Werbetexte, Zahlen. Ja, da stand sie, die Zahl 45 000. Zwischen ähnlich großen und weit größeren. 400 000 Tonnen Emsboden waren zu bewegen, hieß es dort, 10 000 Tonnen Spundbohlen und Stahlpfähle zu rammen, aus 12 000 Tonnen Unterwasserbeton Pfeiler- und Drempel-Fundamente herzustellen, 150 000 Tonnen Schüttsteine zur Sohlensicherung auf geotextile Sinkstücke aufzubringen und einzuzementieren. Stahnke hatte eine vage Vorstellung von riesigen Flechtmatten, die man in den Fluss gesenkt hatte. Wenn man diese ausbetonierte Rinne hier überhaupt noch einen Fluss nennen konnte.

Der Streit um das Sperrwerk hatte sich über Jahre hingezogen. Wenn es dabei nur um den Küstenschutz gegangen wäre, hätte sich Stahnke der Pro-Partei zugerechnet, vorbehaltlos, keine Frage. Küstenschutz ging in Ostfriesland über alles, und das aus gutem Grund. Fast das ganze Land war schließlich einst der See abgerungen worden, und niemand dachte ernsthaft daran, diese Eingriffe in Frage zu stellen oder gar rückgängig zu machen. Überhaupt waren die wenigsten Ostfriesen für Naturschutz zu begeistern. Natur, das war hier vor allem die See, und vor der musste man sich in Zeiten weltweit steigender Wasserstände zunächst einmal selber schützen. Und Landschaft – die gab es hier im Überfluss. Warum also sollte man schonend damit umgehen? Eine fragwürdige Einstellung, sicher. Aber verständlich. Und Tatsache.

Das Ems-Sperrwerk aber diente ja gar nicht dem Küstenschutz, jedenfalls nicht in erster Linie. Es gab sogar Stimmen, Stimmen von Fachleuten, die den Betrieb eines solchen Sperrwerks für gefährlich hielten. Erhöhter Druck auf die Emsdeiche vor Gandersum, steigende Wasserstände im Dollart bei Ditzum seien zu befürchten, falls das Sperrwerk bei Sturmflut geschlossen werde, hieß es. Wenn schon ein Sperrwerk, dann doch lieber eins in der Emsmündung zwischen Deutschland und den Niederlanden. Ungleich größer und teurer zwar, aber wenigstens wirksam, und zwar für alle.

Trotzdem wurde das Ems-Sperrwerk wie geplant durchgesetzt. Weil man damit in Wirklichkeit in der Hauptsache gar nicht das Wasser draußen halten wollte, sondern drinnen. Weil man mit diesem Sperrwerk vor allem die Ems aufstauen wollte, um riesige Schiffe aus dem Binnenland an die Küste überführen zu können. Darum ging es tatsächlich. Darum wurden Hunderte von Millionen, Mark wie Euro, buchstäblich in den Fluss gesetzt. Mit diesem Geld hätte man die binnenländische Werft auch an die Küste umsiedeln können – womit man das Problem wenigstens grundlegend gelöst hätte. Die Werft aber sträubte sich und drohte mit der Vernichtung von Arbeitsplätzen. Ein Totschlag-Argument, mit dem sich offenbar alles durchsetzen ließ.

Stahnke blätterte, bis er auch diese Zahl gefunden hatte: 8,50 Meter Tiefgang sollten die Neubauten künftig haben dürfen, wenn die Ems aufgestaut war. Bisher waren es 7,30 Meter gewesen; so tief hatte man die Ems ohnehin bereits ausgebaggert. Ziemlich viel Aufwand jetzt für hundertzwanzig Zentimeter, fand Stahnke. Und was ist, wenn die Schiffe noch größer werden müssen, damit die Arbeitsplätze nicht gestrichen werden? Was bauen wir dann als nächstes?

„Er ist da“, sagte Janssen. Tatsächlich bewegte sich in der Kabine des Schwimmkrans eine winzige Gestalt.

„Vorsichtig absenken“, sagte Stahnke. Janssen hob den Arm.

Der Schwimmkran hatte tags zuvor das riesige Tor eingesetzt, das die Haupt-Schifffahrtsöffnung des Wehrs bei Bedarf schließen sollte. Ein sechzig Meter langes, ausgeklügeltes Stahlteil, das jetzt bereits unsichtbar in seiner Mulde tief unten im Flussbett lag, bereit, sich bei Bedarf mit Hilfe zweier Scheibensegmente zu erheben und sich der gewaltigen Masse des Stroms entgegenzustemmen.

Dabei mussten enorme Kräfte wirksam werden. Was, wenn das Sperrwerk diesen Kräften nicht standhielt? Wenn sich die Berechnungen als fehlerhaft erwiesen – oder die bauliche Ausführung? Wenn sich die aufgestauten Wassermassen gewaltsam Bahn brachen? Die Folgen mussten verheerend sein. Und was, wenn gravierende Fehler deutlich wurden zu einem Zeitpunkt, da nichts mehr zu ändern war und entweder eine Katastrophe oder ein Offenbarungseid unvermeidlich schienen? Dann konnte sich der Verantwortliche wohl nur noch aufhängen.

Sieben Tore waren es insgesamt; auch für die Binnenschifffahrtsöffnung gab es ein Segmenttor, für die anderen schlichtere Hubtore. Alle zusammen sollten sie 4000 Tonnen wiegen. Allerhand. Die Last, die der Kran jetzt trug, war erheblich leichter. Fünfundachtzig Kilo, schätzte Stahnke. Tönjes' pendelnde Füße knallten beim Absenken gegen den provisorischen Holzzaun, ehe Janssen zupackte und dafür sorgte, dass der Leichnam sanft zu Boden glitt.

Die riesige Traverse, an der vor Tönjes das große Tor gehangen hatte, schwang bedrohlich über ihren Köpfen hin und her. Stahnke warf schnell einen Blick auf den Knoten, mit dem das Tau am Stahl befestigt war: ein Palstek, ein vor allem unter Seeleuten gebräuchlicher Schlingenknoten, der sich nicht zusammenzog. Genau das richtige für dieses Ende des Stricks.

„Durchschneiden?", fragte Kramer, der geduckt da hockte und bereits sein Schweizer Taschenmesser gezückt hatte. Stahnke nickte. Janssen winkte, und die Traverse schwebte davon. Sie atmeten auf.

Das Tau am Hals des Toten war aus schmuddeligem weißem Kunststoff, dreikardeelig, und maß etwa zwölf Millimeter im Durchmesser; so etwas lag auf dieser Riesenbaustelle vermutlich überall herum. Lang war es, ungewöhnlich lang jedenfalls für diesen Zweck, überlegte Stahnke; solange Tönjes über ihnen schwebte, war ihm das gar nicht aufgefallen. Aber natürlich, eine Leiter oder sonst etwas zum Draufsteigen gab es hier nirgends, also musste der Selbstmörder das Seil von unten über die Traverse geworfen haben. Dann einen Knoten machen und zuziehen …

Nein, so ging das nicht. Ein Palstek zog sich nicht zu. Der rutschte auch nicht am Tau entlang nach oben. Um solch einen Palstek um die Traverse zu knüpfen, musste man entweder zur Traverse hoch, oder das Ding musste herunter. Und anschließend wieder hoch. Beides kaum machbar für einen Selbstmörder.

Kramer drehte den Toten auf den Bauch. In Tönjes' Nacken zeigte sich ein ganz normaler Wald-und-Wiesen-Doppelknoten; nach dem kundig geknoteten Palstek hatte Stahnke hier eigentlich einen richtigen Galgenknoten, auch „Django-Stek“ genannt, erwartet. Er spürte eine leichte Enttäuschung, wie immer, wenn sich ein Fall in der Realität nicht so entwickelte wie in seiner Phantasie.

„Schauen Sie mal.“ Kramer wies auf die rot unterlaufene Furche, die sich rund um den Hals des Toten zog. Etwas zu rund. Die Strangulationsfurche eines Erhängten sollte eigentlich ein wenig aufwärts, zum Knoten hin, verlaufen. Eine kreisrunde Furche wies eher auf Erdrosseln hin. Oder Erwürgen. Das schaffte kein Selbstmörder.

Vorsichtig lockerte Kramer den Strick. „Zwei Furchen“, sagte er. „Aber nur eine ist blutunterlaufen. Also erst erdrosselt, dann aufgehängt.“ Er leistete sich eine kleine dramatische Pause: „Demnach Mord.“

Mord. Stahnke atmete scharf ein. Mord an einem Bauunternehmer, der mitverantwortlich war für die Errichtung des heftig umstrittenen Ems-Sperrwerks. Damit wurde die Sache nicht nur schlagartig brisant, damit wurde sie auch hochpolitisch. Jeder, der in den vergangenen Jahren gegen das Sperrwerk protestiert, der dagegen geklagt, Leserbriefe geschrieben oder Protestfaxe verschickt hatte, kam plötzlich als Täter in Frage. Und das waren weiß Gott nicht wenige. Jede Menge Ärger stand da in Aussicht und wenig Ruhm. Ein Fall, wie geschaffen dafür, sich die Finger zu verbrennen. Also wieder einmal wie geschaffen für Hauptkommissar Stahnke.

Er schaute sich den Hals des Toten noch genauer an. Die weiter oben und zum Knoten hin verlaufende Furche war nicht nur blasser, sie war auch gleichmäßiger als die andere. Die untere, rote Furche war deutlich profiliert. „Nicht erdrosselt, Kramer“, sagte Stahnke. „Tönjes wurde erwürgt. Und zwar von vorne. Hier, die Daumen haben den Kehlkopf eingedrückt, und hinten sind Spuren von Fingernägeln.“ Den Doktor brauchen wir gar nicht, dachte er zufrieden. Wo blieb der überhaupt?

Ein schnaubendes Geräusch ließ ihn herumfahren. Er blickte direkt in Janssens verzerrtes Gesicht. Er heult, dachte Stahnke. Er dachte es leicht angewidert. Was hatte so ein Kerl hier zu heulen?

„Ich wollte es nicht“, stieß Janssen hervor. Vor seinem rechten Nasenloch platzte ein Rotzbläschen. „Es war keine Absicht. Plötzlich war es passiert.“

Stahnke blickte versonnen auf Janssens große, rote Hände. Die Fingernägel waren kurz, aber die Kollegen von der Spurensicherung würden darunter sicher etwas finden. Wenn sie denn endlich kämen.

„Sie hatten Streit“, sagte Stahnke.

Janssen nickte. Tränen rollten ihm über die rotgeäderten Wangen.

„Worum ging es? Hatte es mit dem Bau zu tun?“

„Mit dem Bau, ja.“ Janssen schluchzte.

„Hat Tönjes gepfuscht? Ging es darum?“

Janssen nickte, während er ein Taschentuch aus seinem Blaumann fingerte. Als es sich schnäuzte, klang auch das zaghaft. „Gepfuscht, ja“, sagte er. „Übel gepfuscht. Hat es einfach nicht dicht gekriegt. Dauernd lief Wasser durch. Furchtbar, sage ich Ihnen, das kann einen den letzten Nerv kosten. Und er hat sich geweigert, den Pfusch nachzubessern. Einfach geweigert.“ In ihrer plötzlichen Empörung klang Janssens Stimme jetzt etwas gefestigt. „Das hat mich wütend gemacht. Und dann …“

„Wieso geweigert?“, schaltete sich Kramer ein. „Da gibt es doch Mittel und Wege, Nachbesserung zu erzwingen. Notfalls gerichtlich.“

Jetzt heulte Janssen wieder: „Aber doch nicht bei Schwarzarbeit.“

„Schwarzarbeit?!“ Die beiden Kriminalbeamten riefen es wie aus einem Munde. Sie schauten sich an.

„Schwarzarbeit beim Sperrwerk“, sagte Kramer.

„Und Pfusch“, sagte Stahnke. Der Fall war nicht nur brisant, er entwickelte sich zu einer echten Granate. Von der jeder zerrissen werden konnte, der ihr zu nahe kam.

„Was?“ Janssen starrte sie an, so perplex, dass er für einen Moment ganz das Heulen vergaß. „Doch nicht hier beim Sperrwerk. Bei meinem Anbau zu Hause! Flachdach, wenn Sie wissen, was ich meine. Tönjes hat mir das nebenbei gemacht, weil er doch hier den Auftrag, und so, Sie verstehen schon. Anbau mit Sauna, Pool und Billardzimmer. Aber das Dach ist einfach nicht dicht, dauernd leckt es durch, der schöne Tisch ist völlig im Eimer. Und Janssen hat gelacht. Schwarzarbeit ist dein Risiko, hat er gesagt, da sieh mal selber zu. Da ist mir ganz heiß geworden vor Wut, und dann war er plötzlich tot."

„Und dann haben Sie ihn aufgehängt, um die Sache zu vertuschen", sagte Kramer.

„Ja, das wollte ich." Wieder rollten Janssens Tränen. „Ich hab Sie ja auch selber angerufen. Aber dann konnte ich das doch nicht durchhalten."

„Tötung im Affekt", sagte Stahnke. „Jedenfalls, wenn er schon tot war, als Sie ihn aufgehängt haben, wonach es aussieht, ohne dem Arzt vorgreifen zu wollen. Sonst wäre es nämlich kaltblütiger Mord." Janssen starrte ihn verständnislos an, und Stahnke winkte ab. War wohl auch nicht leicht zu begreifen, dass die Strafe umso geringer ausfallen konnte, je schneller man tötete.

Immerhin war ihm jetzt alles klar. Keine Brisanz, keine politische Granate. Ein plausibles Geständnis, ein reuiger Täter, saubere Sache. Fall erledigt.

Bis auf eine Kleinigkeit. Die Sache mit den so unterschiedlich professionellen Knoten. War da vielleicht doch noch irgendwo ein Widerspruch verborgen?

„Wie haben Sie das Seil eigentlich an der Traverse festbekommen?", fragte Stahnke. „Da kommt man von hier aus doch gar nicht heran."

„Habe ich gar nicht", sagte Janssen. „Das war schon dran. Damit hat die Besatzung des Schwimmkrans die Traverse gesichert. Ich musste Tönjes nur dranbinden und dann die Traverse ein Stückchen hochfahren. Die Schlüssel zum Kran habe ich ja."

Stahnke nickte. Dieser Fall barg endgültig kein Geheimnis mehr, damit musste er sich wohl abfinden.

Schweigend starrte er am Pfeiler entlang hinunter in die vorbeistrudelnde Ems. Das graubraune Wasser hatte den neuen Beton bereits mit Schmutzstreifen verziert.

Oder halt – Schmutzstreifen? Waren das da nicht eher Risse?

„Alles fließt", sagte Kramer, der sich neben ihn gestellt hatte.

Stahnke nickte: „Das kann man wohl sagen."

Der Leierkastenmann lächelt

Eisig geguckt hat er ja früher schon, dachte Stahnke und schauderte. Ihm war kalt, eisig kalt. Die Kälte der Eisdecke, auf der er kniete, kroch durch Hosenstoff und Schuhleder fast ungehindert in ihn hinein, und sein für die Jahreszeit viel zu dünner Trenchcoat hatte vor dem scharfen Januarwind längst kapituliert. Stahnke seufzte, zog sich den rechten Handschuh aus und polierte mit der bloßen Handfläche die Eisfläche vor seinen Knien. Schnell wurde die Hand gefühllos. Er beugte sich vor, legte seine Hände wie Scheuklappen rechts und links an die Schläfen und starrte ins tiefschwarze Wasser unter dem klaren Eis.

Helmut Zimmermann starrte zurück.

Schöfelnde Kinder hatten die Leiche entdeckt. Einer der kleinen Schlittschuhläufer war gestürzt, bäuchlings ein Stückchen gerutscht und mit dem Gesicht genau über dem von Zimmermann zu liegen gekommen. Der Junge schnuckerte und bibberte immer noch.

Wie lange mochte Zimmermanns Leiche wohl schon im Wasser liegen? Das Gesicht war aufgedunsen, aber noch gut erkennbar. Vermutlich war das Wasser bereits sehr kalt gewesen, als es sich um den Körper des bekannten Lokalpolitikers geschlossen hatte. Unfall oder Mord? Hauptkommissar Stahnke hielt das Letztere für wahrscheinlicher. Zimmermann war ein kräftiger, sportlicher Mann gewesen, ein guter Schwimmer obendrein. Feinde aber hatte er reichlich gehabt.

Unter anderem Stahnke.

Er blickte in die toten blauen Augen, in das starre Gesicht unter dem Eis. Sein Ausdruck unterschied sich wenig von dem auf den Wahlplakaten. Der Mund war leicht geöffnet, das konnte als Grinsen gelten, nicht ganz so schmierig wie gewohnt zwar, aber immerhin. Dazu der eisige Blick, von Zimmermann-Fans als fest und männlich gepriesen. „Zimmermann heißt Zuversicht" – doch, das passte nach wie vor. Tot wie lebendig.

Es kam nicht oft vor, dass Stahnke einem Menschen den Tod wünschte. Allein schon aus beruflichen Gründen. Wer Todesfälle aufzuklären hatte, der wünschte sich keine herbei. Aber für Zimmermann hatte er eine Ausnahme gemacht.

Zimmermann war einer dieser Rechtspopulisten gewesen, wie sie offenbar im Trend lagen, nicht nur in Österreich oder in der FDP. Nein, auch in Ostfriesland kam so einer an, auch wenn er außer einer großen Schnauze kaum etwas zu bieten hatte. Weit mehr als zwanzig Prozent der stimmberechtigten Leeraner hatten bei der Bürgermeisterwahl für ihn votiert, und fast wäre Zimmermann damit sogar in die Stichwahl gekommen. Peinlich. Mehr als das – eine Schande.

Aber noch kein wirklicher Grund, diesen Mann zu hassen. Jahrelang hatte Stahnke das auch nicht getan, hatte vielmehr jede Gelegenheit genutzt, sich mit Zimmermann zu messen. Rhetorisch fühlte er sich ihm ebenbürtig und argumentativ weit überlegen. Eins aber hatte Stahnke doch mächtig geärgert: Trotz allem war Zimmermann stets weitaus beliebter gewesen als er. Selbst unter den Kollegen im Polizeigebäude an der Georgstraße. Klar, wenn Stahnke in der Kantine gegen Zimmermanns Law-and-Order-Parolen vom Leder zog, gaben ihm alle Recht, selbst Rieken und van Dieken, die aus ihrer Vorliebe für rechtes Gedankengut sonst keinen Hehl machten. Aber wenn mal wieder einer von Zimmermanns Sprüchen kolportiert wurde, sei es gegen Penner, für schnellere Verurteilungen oder gegen den neuen Bürgermeister, dann war das Gegröle groß und ungehemmt. Über Stahnkes Spitzen dagegen wurde nur geschmunzelt, bestenfalls, und auch das nicht immer. Das war schon bitter. Stahnke hasste Niederlagen.

Zimmermann selbst aber hasste er deswegen noch lange nicht. Dieser Hass kam erst später, und er hatte einen weit handfesteren Grund.

Mühsam richtete sich der Hauptkommissar auf. Seine kalten Finger und Knie ließen sich kaum noch biegen, seine Waden prickelten, und als er seine Zehen in den ungefütterten Lederschuhen bewegen wollte, konnte er sie nicht einmal spüren. Um sich aufzuwärmen, stampfte er mit den Füßen auf. Ein Knall wie ein Pistolenschuss ließ ihn zusammenzucken, und direkt vor seinen Schuhspitzen erschien wie ein Blitz aus heiterem Himmel ein weißlicher Riss im dunklen Eis. „Vorsicht!" – der Warnruf ertönte gleich mehrfach rings um ihn her, gefolgt von gemurmelten Zusätzen wie „Aufpassen", „Das ist doch kein Beton" und „Blödmann". Kein Hinweis auf wachsende Beliebtheit darunter. Polizei und Technisches Hilfswerk hatten eindeutig keine Lust auf ein winterliches Bad.

Natürlich war so eine Natureisdecke auf einem schiffbaren Gewässer wie dem Ems-Seitenkanal kein Tanzparkett, das wusste auch er, schon gar nicht so dicht an der Oldersumer Schleuse, wo sich der Wasserstand immer wieder veränderte und sich das Eis niemals ganz stabilisierte.

Vielleicht lag es ja auch an der Schleuse und den von ihr verursachten Strömungen, dass Zimmermanns Leiche überhaupt aufgetaucht war. Die Kälte hemmte schließlich den Verwesungsprozess und damit die Gasbildung. Ohne hilfreiche Strömung hätte es bis zum Frühjahr dauern können, ehe der Körper an die Oberfläche kam. Die Identifizierung wäre dann sicher etwas schwieriger geworden.

Kurz nach Neujahr war Zimmermann als vermisst gemeldet worden. Von seiner Tochter; seine Frau hatte ihn schon vor Jahren verlassen. Auch Stahnke lebte von seiner Frau getrennt, ebenfalls nicht aus eigenem Entschluss; eine Parallele, die ihm noch nie zuvor aufgefallen war.

Da Zimmermanns fast erwachsene Tochter über die Feiertage verreist war, konnte sie nicht genau sagen, seit wann ihr Vater verschwunden war. Man würde nachforschen müssen, wann und wo der prominente Mann zuletzt gesehen worden war. Kramer hatte als Erstes den Telefonanschluss in Zimmermanns villenähnlichem Haus überprüfen lassen; dort war am Nachmittag des Silvestertages zuletzt telefoniert worden. Möglicherweise fiel Zimmermanns Verschwinden mit dem Jahreswechsel zusammen.

Also doch ein Unfall? Zimmermanns Hang zu ausschweifendem Feiern war bekannt und eine nicht zu unterschätzende Grundlage seiner Beliebtheit. Er pflegte kein Schützen- oder Feuerwehrfest auszulassen und dabei kräftig zu bechern. Erstaunlich, wie fit der bullige Mann trotzdem gewesen war. Stahnke, der ebenfalls gerne zechte, dafür allerdings andere Orte und Gelegenheiten bevorzugte, kämpfte ständig mit Übergewicht und Leberwerten. Manche Leute hatten eben einfach Glück, denen fiel alles zu, dachte er und wunderte sich, wie warm ihm plötzlich wieder war. Sein eigener Hass heizte ihm ganz schön ein.

Mit der zurückkehrenden Wärme wurde ihm wohler. So wohl, dass er sogar Glühwein zu riechen und leise Musik zu hören glaubte. Weihnachtliche Gefühle, angefacht vom Hass auf einen Toten? Stahnke schüttelte den Kopf, Duft und Klang aber blieben. Langsam drehte er sich um.

Und da stand Waldemar.

Als Straßenmusiker war Waldemar ein glatter Ausfall. Rund um Leer wusste das jeder, und selbst Waldemar musste das im Laufe der Jahre aufgefallen sein. Seine kläglichen Versuche mit Gitarre und Gesang nämlich hatte er eingestellt und auf Leierkasten umgesattelt. Genau genommen auf eine Leierkastenattrappe, denn der ballonbereifte Kasten war inwendig hohl, die Kurbel an der Seite reines Zierrat. Für die Musik sorgte ein versteckt angebrachter Kassettenrekorder. Das war nicht sehr originell, kam aber der Qualität der gebotenen Musik sehr zugute. Im Moment dudelte der Kasten irgend etwas Klassisches, und Waldemar hatte sich nicht einmal die Mühe gemacht, die Kurbel einzustecken, um den Schein zu wahren. Stattdessen goss er sich aus einer Thermoskanne etwas Rotes, Dampfendes ein. Als er Stahnkes Blick bemerkte, hob er lächelnd den Becher. Warum eigentlich nicht, dachte der Hauptkommissar und schlitterte vorsichtig Richtung Kanalufer.

Es war Früchtetee, gewürzt mit Zimt und Nelken zwar und deshalb vom Geruch her an Glühwein erinnernd, aber eindeutig alkoholfrei. Stahnke war fast ein wenig enttäuscht. Andererseits hätte ihm klar sein müssen, dass Waldemar niemals Alkohol trank. Nicht einmal Glühwein im Winter.

Wie immer trug Waldemar ein rot-weiß-grünes Stirnband, das seine blonden Locken aber nicht zu bändigen vermochte, und einen in denselben Farben gemusterten Poncho, der ihm bis zu Knien hing. Darunter – tatsächlich, seine Füße steckten in den unvermeidlichen Sandalen. Immerhin mit hellblauen Kniestrümpfen. Oder?

Stahnke schaute genauer hin. Das waren keine blauen Strümpfe, das war Waldemars Haut, vom Frost zartblau getönt.

„Frierst du nicht?“, fragte der Hauptkommissar. „Pass auf, hier auf dem Eis holst du dir noch was weg.“

Milde lächelnd schüttelte der Leierkastenmann den Kopf. „Waldemar wird nicht krank“, sagte er leise. „Waldemar passiert nichts. Nicht mehr. Waldemar ist schon alles passiert, was ihm passieren konnte.“ Zwei Tränen rollten rechts und links der rotgeäderten Nase herab, zwei dicke Tränenkugeln, nicht mehr. Das milde Lächeln blieb.

„Vermindert zurechnungsfähig“ sei dieser Waldemar, hieß es. Die Kollegen vom Streifendienst drückten es anders aus: „Debil, bekloppt, meschugge, weggetreten.“ Sie hatten es längst aufgegeben, ihn nach seinem Gewerbeschein zu fragen; etwas anderes als ein Lächeln hatten sie noch nie als Antwort bekommen. Waldemar war ein Unikum, harmlos und nicht wirklich lästig. Inzwischen gehörte er längst zum Stadtbild, zwar nicht von allen Leeranern geliebt, aber doch von den allermeisten geduldet.

Nicht aber von Zimmermann.

Der Rechtsaußen führte einen verbissenen Kleinkrieg gegen alles, was nicht in sein beschränktes Weltbild passte: Ausländer, Intellektuelle, selbstbewusste Frauen. Und natürlich gegen Obdachlose. Wie alle gutsituierten Bürger hatte Zimmermann eine Heidenangst davor, irgendwann einmal aus seinem selbstgezimmerten Wohlstandsrahmen rauszukippen, seine vielfältigen Sicherheiten plötzlich einzubüßen, seinen Platz im oberen Segment der Gesellschaftspyramide zu verlieren. Diese Perspektive war so beängstigend, dass schon der kleinste Gedanke daran verdrängt gehörte. Wie aber sollte das gehen, wenn man ständig daran erinnert wurde? Nämlich durch die Obdachlosen, die Berber, die Penner. Die waren schließlich auch nicht als das auf die Welt gekommen, was sie heute waren. Die meisten von ihnen hatten eine bürgerliche Vergangenheit, hatten in geregelten Bahnen gelebt, aus denen sie dann eines Tages herausgeworfen worden waren. Eine Kündigung, eine Trennung, ein Verlust – eine bürgerliche Welt in Trümmern. Das konnte fast jederzeit fast jedem geschehen. Die Penner erinnerten Zimmermann daran, ständig, durch ihre schiere Existenz. Und dafür hasste er sie.

Und Zimmermann war keiner, der seinen Hass in sich hineinfraß. Eine massive Kampagne hatte er gegen die Obdachlosen entfacht, hatte jede Form der Unterstützung, die ihnen gewährt wurde, verdammt und damit erschreckend erfolgreich an die Neidgefühle der Menschen appelliert. Erstaunlich viele seiner Ratskollegen unterstützten ihn dabei; Zimmermanns Parolen fanden in fast allen Parteien Widerhall, so dass jeder Versuch, den Rechtspopulisten zu isolieren, zum Scheitern verurteilt war. Im Gegenteil, seine Kampagne war erfolgreich. Anders gesagt: Sie fand ihre Opfer. Und das erste war Waldemar.

Waldemar ging es gut zu jener Zeit. Das Sozialamt hatte ihm eine kleine Wohnung zugewiesen, eine mit Kohleofen und Außenklo, für die sich beim besten Willen kein anderer Interessent fand. Er hatte eine Frau kennen gelernt, eine kleine rundliche mit eisgrauem Haar, die einen ähnlichen Poncho trug wie er und auch das gleiche milde Lächeln auf den Lippen. Gemeinsam schoben sie den Leierkasten durch die Straßen, unempfänglich für jede Form von Spott, gemeinsam zogen sie sich abends in Waldemars kleine Bleibe zurück. Ein Idyll, das mancher rührend fand.

Zimmermann aber fand es „ekelhaft", und das tat er auch kund, mit Hilfe eines Journalisten, den er seit Jahren mit gezielten Indiskretionen versorgt und damit in seine Abhängigkeit gebracht hatte.

Der Leiter des Sozialamts hielt dem Druck nicht lange stand. Waldemar verlor seine Bleibe und wurde an die Unterkunft für nichtsesshafte Männer verwiesen.

Waldemar aber wollte nicht dorthin, wollte bei seiner Frau bleiben. Gemeinsam mit ihr machte er „Platte", verbrachte die Nächte in Pappkartons oder auf den Gittern von Abluftschächten, obwohl es Herbst war und bereits kalt und der Winter vor der Tür stand. „Waldemar passiert nichts", lächelte er jedes Mal, wenn die Streifenkollegen ihn mahnten: „Waldemar wird nicht krank."

Und tatsächlich blieb Waldemar gesund. Seine kleine Frau aber war nicht so widerstandsfähig. Sie bekam eine Lungenentzündung, und ehe Stahnke noch davon erfuhr, war sie tot.

Dem Vernehmen nach musste Zimmermann von einigen schamhaften Ratskollegen massiv daran gehindert werden, ein Triumph-Fax an alle Redaktionen zu verschicken. Er beschränkte sich darauf, andere Obdachlose in einem offenen Brief aufzufordern, sich ein Beispiel zu nehmen und sich ebenfalls einer solchen „Endlösung“ zuzuführen. Dieser Brief zog allerhand Entrüstungsbekundungen nach sich, die meisten aber waren halbherzig, und Zimmermanns Popularität litt nicht wirklich.

Stahnke hatte ihn nie gemocht. Seither aber hasste er ihn. Manchmal dachte er auch, er sollte einem wie Zimmermann dankbar sein, weil der ihm vor Augen führte, wie seine Mitmenschen wirklich waren. Das stimmte zwar, konnte aber seinen Hass nicht mindern.

Die Musik hatte aufgehört; Waldemar drehte die Kassette um. Auch das nächste Stück war von einem seltsam anrührenden Klang.

Außer Waldemar hatten sich noch weitere Zuschauer eingefunden. Da sie aber das Eis nicht betreten durften, gab es für sie wenig zu sehen, und so blieben sie nicht lange. Einer der Gaffer führte einen kohlschwarzen Labrador an der Leine, der sich von Waldemar streicheln ließ und sich eng an dessen blauschimmernde Beine drückte. Als Herrchen das bemerkte, riss er seinen Hund heftig zurück. Das Tier bellte erschrocken. „Mein Hund merkt eben gleich, was ein ordentlicher Mensch ist und was ein Penner“, sagte der Leinenreißer zufrieden. Stahnke drehte ihm den Rücken zu.

Waldemar schenkte Früchtetee nach und verbeugte sich lächelnd, als es auf seinem Sammelteller klimperte. Der steht hier gut, dachte Stahnke. Er immerhin profitiert von Zimmermanns Tod. Ob er weiß, dass er sich damit verdächtig macht? „Wer profitiert von der Tat, wer hatte die Gelegenheit dazu“ – von diesen beiden Fragen ging doch jede Morduntersuchung aus.

Er merkte, wie ihm das Lächeln in den Mundwinkeln gefror. Wenn er selbst diesen Zimmermann schon gehasst hatte – Waldemar hatte doch noch weit mehr Grund dazu. Gründe, die ausreichten, um einen Heiligen zur Bestie zu machen. Einen „vermindert Zurechnungsfähigen“ sowieso. Befriedigter Hass war auch eine Form von Profit. Soviel zum Grund. Und die Gelegenheit?

„Waldemar“, sagte Stahnke leise.

Waldemar lächelte ihn an.

„Waldemar, wo warst du an Silvester?“

Waldemar lächelte. „Wissen Sie das denn nicht mehr?“

Stahnke runzelte die Stirn. „Wissen? Was wissen?“ Er selbst hatte nur wolkige Erinnerungen an die letzte Silvesternacht. Er hatte heftig getrunken, mehr und schneller als sonst, und die Jahreswende gar nicht mehr bewusst miterlebt. Irgendwann am folgenden Vormittag war er aufgewacht, schmutzig und zerschunden, in seinem Boot, das aufgebockt im Winterlager stand, gar nicht weit von hier. Lausig kalt war es gewesen, er hatte sich in alles eingewickelt, was er finden konnte, Schlafsack, Arbeitszeug, sogar in ein Stück Segeltuch, ehe er auf den Gedanken gekommen war, die Bordheizung anzumachen. Danach hatte er stundenlang dagelegen und auf das Abklingen seiner rasenden Kopfschmerzen gewartet. Abends hatte er sich per Handy ein Taxi gerufen und sich nach Hause bringen lassen. Sein Auto musste er von Rieken und van Dieken suchen lassen. Er hasste es zwar, von diesen beiden Zimmermann-Verehrern abhängig zu sein, aber sie waren die Einzigen, auf die man sich in solchen Dingen blind verlassen konnte.

„Wir haben uns doch getroffen“, sagte Waldemar. „Hier in Oldersum, bei der Fete im Yachtclub. Waldemar hat da Musik gemacht.“

Von wegen Musik gemacht! Stahnke wusste, dass Waldemar gerne zu Feiern eingeladen wurde, aber nicht als Musiker, sondern als Zielscheibe für billigen Spott. Ihm schien das nichts auszumachen, solange etwas dabei heraussprang. Was musste passieren, um solch ein Schaf auf die Palme zu bringen? Und was passierte, wenn es so weit war?

„Zimmermann war auch da“, sagte Waldemar.

Stahnke schnappte nach Luft. Gewöhnlich wusste er gerne, was während seiner alkoholbedingten Abstürze geschehen war, füllte die schwarzen Löcher in seiner Erinnerung zumeist mit Selbstrecherchiertem auf. Plötzlich aber war er gar nicht mehr scharf darauf, Details aus der Silvesternacht zu erfahren. Er, Waldemar und Zimmermann gemeinsam in der mutmaßlichen Mordnacht an ein und demselben Ort, einem Ort, der keine fünfzig Meter vom Fundort der Leiche entfernt war! Da konnte doch jede Überlegung hinsichtlich „Grund“ und „Gelegenheit“ nur im Klicken von Handschellen enden.

Dann fragte er doch: „Was ist denn da passiert?“

„Sie beide hatten Streit“, sagte Waldemar.

„Schlägerei?“, krächzte Stahnke.

„Ja“, sagte Waldemar.

So fühlt es sich also an, wenn sich die schlimmste Befürchtung bewahrheitet, dachte Stahnke. Verdammt. Musste ich diesen Arsch denn ausgerechnet mit besoffenem Kopf vor die Fäuste kriegen. Ich habe ihm ein paar gelangt, und er ist in den Kanal gekippt und ersoffen. Oh Gott, nein, um Himmels Willen.

„Sie haben ganz schön was abgekriegt“, sagte Waldemar.

„Was?“ Stahnke begriff nicht. „Wer sind *sie*?“

„Na, *Sie*.“ Waldemar lächelte unermüdlich. „Zimmermann hat Sie verprügelt. Sie waren zu betrunken. Er hat immer und immer wieder zugeschlagen, und Sie konnten sich gar nicht mehr wehren. Er wollte Sie sogar in den Kanal schmeißen.“

Er hat mich verprügelt. Ich konnte mich nicht wehren. Er wollte mich ... Stahnke begann vor Wut zu schwitzen, ehe er begriff, was Waldemar da sagte. „Also habe ich ihn nicht ...? Aber wie ...?“

Waldemar legte beide Hände auf die Schubstange seines Leierkastens. Der gummibereifte Wagen ruckte ein Stückchen vor. „So“, sagte er ruhig.

Stahnke schluckte. „Und dann?“, fragte er leise.

„Dann ist er geschwommen“, sagte Waldemar. „Zur anderen Seite. Waldemar weiß nicht warum. Hatte wohl auch was getrunken. Vielleicht hatte er aber auch Angst, weil hier ja zwei waren.“

„Ja“, sagte Stahnke. „Wir waren zwei.“ In Gedanken schickte er ein „Gott sei Dank“ hinterher. „Und warum hat Zimmermann es nicht geschafft?“ fragte er dann.

„Wer weiß?“, murmelte Waldemar.

Stahnke horchte auf. Der Leierkastenmann klang verändert, nicht seelenruhig wie sonst, eher verschmitzt. „Wie meinst du das?“, fragte er.

„Tja“, sagte Waldemar. „Vielleicht hat ihn ja was am Kopf getroffen.“ Er streichelte seinen Leierkasten. Die Stelle, wo sonst die Kurbel steckte, streichelte er besonders liebevoll.

Notwehr, dachte Stahnke. Ein klarer Fall von Notwehr. Genau so wird es in den Akten stehen, und wenn es das Letzte ist, was ich tue. Notwehr und verminderte Schuldfähigkeit, mein lieber Junge, das kriegen wir schon hin. So wahr ich Stahnke heiße.

„Komm“, sagte er und legte Waldemar den Arm um die Schultern, „jetzt gehen wir erst einmal ein Stückchen gemeinsam. Und du machst die Musik dazu.“

„Wenn’s weiter nichts ist.“ Waldemar lächelte.

Grau, weiss, tot

Sie hat geschrien wie am Spieß", sagte die Grauhaarige. Stahnke nickte versonnen; der Lichtkegel seiner Taschenlampe wippte mit. „Kein Wunder", murmelte er. Denn die junge Blonde, die da rücklings in einem Bett aus frisch gefallenem Schnee lag, steckte tatsächlich am Spieß. An einem spitzen Skistock, genauer gesagt. Irgend jemand hatte ihr das Ding schräg durch den Hals getrieben, von links vorne nach rechts hinten. Der mattierte Aluminium-Schaft ragte empor in den dunklen Morgenhimmel. Er federte leicht im eisigen Wind, als wollte er noch vorhandene Atmung vortäuschen. Die stählerne Spitze des Stocks musste direkt neben der Wirbelsäule ausgetreten sein; die Stelle war von einem bunten Wollschal verdeckt.

Stahnke musste aufstoßen. Er spürte den Geschmack des Pastinaken-Eintopfs vom gestrigen Abendessen im Mund; prompt wurde ihm richtig schlecht. Er drehte sich weg und fixierte die Grauhaarige: „Waren Sie denn dabei?"

Die Frau schüttelte den Kopf. Ihre Haare schlenkerten in dicken, zotteligen Lockensträngen über einen ebenfalls grauen Poncho. „Nein. Ich meine, sie hat immer geschrien, egal wobei. Beim Reden, beim Lachen, immer. Konnte einfach nicht leise sein, verstehen Sie?"

Stahnke verstand nicht, und das sah man ihm an. Um sieben Uhr früh an einem tintenschwarzen Februarmorgen auf diesem norwegischen Hochplateau, auf halbem Wege zwischen Blockhaus und Klo-Hütte, mitten in einem mühsam geschaufelten Hohlweg, umgeben von meterhohen Schneewehen, stellten sich seine Gesichtszüge die Weichen eben noch nach eigenem Belieben.

Er spürte einen Handschuh an seinem Oberarm. „Der Bus", sagte Sina. „Denk doch an den Bus."

Klar. Die helle Grelle aus die Bus, die hatte er gründlich verdrängt in den letzten sieben Tagen. Und da lag sie, die weißblonden Haare auf weißem Schnee ausgebreitet und bereits von frischen Flocken überpudert, das weiße Seidenhemd mit Blut gesprenkelt, die hellblauen Augen ebenso aufgerissen wie der große, grellrote, nunmehr stumme Mund.

Die Schneeflocken, die auf ihr Gesicht gefallen waren, begannen zu schmelzen, und die großzügig aufgetragenen Kajal-Ringe rund um ihre Augen fingen an zu zerlaufen. Einer von seinen Kollegen pflegte diesen Anblick „Ertrunkener-Waschbär-Look“ zu nennen; Stahnke fand das äußerst unpassend, bekam den Ausdruck aber wohl gerade deshalb nicht mehr aus dem Kopf.

Wichtiger war, dass der Körper noch warm zu sein schien, die Tat also noch nicht lange her war. Stahnke fragte sich, wie lange die norwegischen Kollegen wohl brauchen würden von Lillehammer hier herauf. Mit dem Bus waren es über drei Stunden gewesen. Bis dahin musste nicht nur die Leiche erkaltet und schneebedeckt sein, sondern auch jede Spur.

Sina stupste ihn wieder gegen den Arm. „Wieso hat sie nichts an?“

Stahnke nickte wieder. Tja, warum? Nackt war die Frau zwar nicht, sie trug ein seidenes, großzügig ausgeschnittenes Unterhemd und eine eng anliegende, ebenfalls weiße Ski-Unterhose, aber bei geschätzten zwölf Grad minus war das so gut wie nichts. Selbst für einen eiligen Gang zur Klohütte eine völlig unzureichende Bekleidung.

Er richtete seine Taschenlampe auf die Füße der Leiche. Sie trug flache Langlaufschuhe, unverschnürt; die Fußknöchel waren nackt. Nackt und weiß. Dort schmolzen die Schneeflocken bereits nicht mehr.

Das da unter ihren Füßen aber sah nicht aus wie Schnee, obwohl es auch weiß war. Stahnke schaute genauer hin: ein Ski-Unterhemd aus Frotteestoff, langärmlig. Merkwürdig.

Sina machte einen Schritt nach vorne und beugte sich über das Gesicht der toten blonden Frau, scheinbar unbeeindruckt von der klaffenden, blutigen Wunde mit der wippenden Tatwaffe darin. Stahnke widerstand dem Impuls, sie zurückzuhalten; für Tatortsicherung war er hier nicht zuständig. Aber Sina fasste sowieso nichts an. Als ehemalige Journalistin wusste sie, wie sie sich an

Verbrechens-Schauplätzen zu verhalten hatte. Dazu musste sie nicht erst mit einem Kriminalhauptkommissar liiert sein.

„Riecht nach Sprit, und zwar mächtig", sagte Sina, als sie sich wieder aufgerichtet hatte. „Kein Wunder, dass sie die Kälte nicht gespürt hat. Die müssen wieder durchgemacht haben in Hütte acht." Mit einem abschätzigen Blick auf die spärliche Bekleidung der Blonden fügte sie hinzu: „Und das mit dem Strip-Poker scheint also auch gestimmt zu haben."

Stahnke schaute sich um; ein gutes Dutzend Blockhäuschen glotzte aus hell erleuchteten Fensteraugen neugierig zurück. Die Hütten standen in einem unregelmäßigen Oval um ein ausgedehntes Schneefeld herum, das im Sommer wohl eine Art Platz war, jetzt im tiefen skandinavischen Hochland-Winter aber an einen von Gräben durchzogenen Gletscher erinnerte. Keine Schützengräben, sondern Hohlwege, die die Menschen hier nicht trennen, sondern verbinden sollten. Einer der Wege führte zur Hütte mit der Nummer acht, der meistfrequentierte Hohlweg aber war der von der Wegkreuzung am Nordende des Dörfchens zu dem etwas abseits liegenden Blockhaus, das die Klos und Duschen beherbergte. Auf oder vielmehr in diesem Weg, zwischen halbmeterhohen Wänden aus Schnee, lag die jetzt so stille, weil tote Blonde.

„Hieß sie nicht Inge?", fragte Stahnke. „Oder nein, Ilse. Ilse Steenblock."

Sina rümpfte ihr Stupsnäschen. „Ilse Bilse, keiner willse. Von wegen. Hinter der waren die Kerle doch alle her."

Stahnke blickte seine Freundin überrascht an. „Höre ich da etwa kleinbürgerliche Kritik an unsittlichem Lebenswandel mitschwingen? Oder vielleicht sogar Neid und Eifersucht? Und das von einer modernen jungen Frau?" Er biss sich auf die Lippe; dass Sina mit ihren neunundzwanzigeinhalb Jahren gut zwanzig Jahre jünger war als er, hatte er nun wirklich nicht betonen wollen.

Sina boxte ihn in die Seite; die Watteschichten seiner dicken Jacke federten den Schlag gutmütig ab. „Quatsch. Solche Tussen ärgern mich einfach." Sie verschränkte die Arme vor der Brust und klemmte sich ihre Hände, die in dicken Fausthandschuhen steckten, unter die Ellbogen. „Rumbumsen hätte sie ja können, soviel sie wollte. Nur nicht soviel Geschrei veranstalten. Und ewig diese miese Miezen-Show."

Stahnke sagte nichts. Er selbst hatte mit den Jahren einen richtigen Hass auf einen ganz bestimmten Typ Mann entwickelt, auf den großspurigen und doch feigen, zutiefst egoistischen und dabei stinkfaulen Macho, der ihm überall und immer wieder begegnete, meistens auf der Karriereleiter unterwegs an ihm vorbei nach oben. Frauen wie diese Ilse Steenblock mussten das passende Gegenstück dazu sein.

Hinter dem Ladengebäude, in dem auch der Verwalter des Hüttendorfs mit seiner Frau wohnte, zeigte sich ein erster Streifen Morgendämmerung, der von der unendlich scheinenden Schneefläche ringsherum großzügig reflektiert wurde. Die meisten der Urlauber, die in den Sechs-Betten-Hütten mit Bullerofen und ohne fließend Wasser wohnten, hatten sich inzwischen ins Freie begeben und in respektvoller Entfernung um die Leiche einen lockeren Gaffer-Kreis gebildet. Nur Stahnke, Sina und die Grauhaarige standen innerhalb dieses Kreises. Den richtigen Augenblick, um sich aus allem herauszuhalten, hatte der Hauptkommissar also wieder einmal verpasst.

„Also in Hütte acht hat sie gewohnt“, murmelte Stahnke.

„Nein“, sagte die Grauhaarige. „In Hütte Nummer sechs. In Nummer acht war sie aber die meiste Zeit. Zum Feiern. Tanzen, Trinken, Strip-Poker-Spielen und so. Party machen nennt man das ja wohl.“

Feiern. Party machen. Paadypaadypaady. Eine an sich doch harmlose Lautfolge, die ihm dennoch Schauer über den Rücken jagte, weil sie andere Laute zur Folge hatte. Stahnke feierte gern, durchaus, am liebsten mit Menschen, mit denen zusammen er zuvor gearbeitet hatte, irgend etwas gemeinsam geschafft, etwas, worauf man stolz sein und worüber man reden konnte. Dazu Musik hören, essen und trinken, fabelhaft.

Feiern. Aber doch nicht einen Hundert-Meter-Radius mit einem Bombenteppich aus Schallexplosionen bepflastern und jedes andere Lebenszeichen platt machen! Lag denn ein Genuss darin, sich selbst zum besinnungslosen Brüllaffen zu machen? War es befriedigend, die Lebensqualität anderer Menschen zu zerstampfen? Vergewisserte man sich so der eigenen Existenz, an der man alltags stets zweifelte, weil man sich so verflucht unbedeutend vorkam, und das vermutlich zu Recht?

Muss wohl, überlegte Stahnke. Ich nerve, also bin ich. Die Geburtstunde des Ballermanns. Eines Exportartikels, der längst auch die einst so stillen Fleckchen hinter den Deichen seiner ostfriesischen Heimat verpestete. Dumpf dumpf dumpf, daggadagga dumpf. Er zog die Hände aus den Taschen, weil ihm plötzlich warm wurde vor aufwallender Wut.

So, nur so hatte ihn Sina zu diesem Norwegen-Trip überreden können. Vierzehn Tage Einsamkeit, abgeschieden von jeder Zivilisation, ohne Radio, Fernseher und Handy, mit netten Menschen in rustikalen Blockhütten, gesundes Essen, selbst gekocht, und vor allem: Bewegung an frischer Luft. Gleich bei Tagesanbruch rauf auf die Langlaufbretter, Rucksack mit Tee, Proviant, Not-Ski und Taschenlampe auf dem Rücken, und dann aber ab in die Loipe, zwanzig, dreißig oder gar vierzig Kilometer weit, soviel man eben schaffte. Es gab Rundkurse verschiedener Länge und Schwierigkeitsgrade. Mit dünnen Stangen markiert, führten sie alle durch die Einsamkeit, durch die unglaubliche Schneelandschaft eines hügeligen Hochplateaus und bis an die umstehenden Berge heran. Manchmal kam man an einer Not-Hütte vorbei, selten kreuzte man eine Straße, und wenn einem der Hüttendorf-Verwalter auf seinem knatternden Schneemobil begegnete, mochte man es kaum glauben, so entwöhnt war man derartigen Anblicken und Geräuschen. Selbst Stahnke konnte sich dieser Faszination nicht entziehen.

Urlaub aber war das nicht. Jedenfalls nicht die Art Urlaub, die Stahnke kannte und liebte: ausschlafen, in Ruhe Kaffee trinken, ausgiebig Zeitung lesen, gut essen gehen, abends lange in Straßencafés hocken. Hier hieß es bei Dunkelheit und Kälte aufstehen, denn die Stunden der Helligkeit waren im hohen Norden knapp und mussten genutzt werden. Mit zitternden Fingern den Holzofen anheizen, zum Frühstück hartes braunes Krümelbrot mit Tofupaste kauen und dazu dünnen Tee trinken, und dann das Anziehen: Schicht über Schicht wie eine Zwiebel, langes, klammes Unterzeug, lange dicke Wollsocken, darüber Pullover, Skianzug, Anorak, Sturmhaube, Mütze, Handschuhe – und natürlich diese blöden Gamaschen, die über die Schuhe gezogen wurden, weil sonst Schmelzwasser durch die Schnürung eindrang. Wenn Stahnke mit allem fertig war, schwitzte er bereits. Sein massiger Körper war eben für solche Verrenkungen nicht gemacht.

Bei der Rückkehr am Nachmittag waren natürlich alle gründlich durchgeschwitzt. Genügend frisches Unterzeug für jeden Tag hatte niemand dabei, an regelmäßiges Waschen war mangels Maschinen nicht zu denken, also wurden die Sachen zum Trocknen und Lüften aufgehängt und am nächsten Tag wieder angezogen. Weil Wäsche im Freien nicht trocknete, sondern gefror, wurden in den gemeinsamen Wohnräumen Leinen gespannt. Dabei zeigte sich dann, wie gut eine Hütten-Besatzung harmonierte. Sina und Stahnke hatten Glück gehabt; in ihrer Hütte wahrte man auch bei herzlicher Enge noch genügend Distanz und hatte ein Gefühl dafür, was zumutbar war und was nicht. Nach dem, was man so hörte, war das durchaus nicht in jeder Hütte der Fall.

Und durchaus nicht in allen Hütten wohnten Menschen, die vorhatten, diesen Norwegenurlaub zu gesundheitsfördernden wintersportlichen Aktivitäten zu nutzen.

„Sie war eine Schlampe", sagte die Grauhaarige.

„In den sieben Tagen, die wir hier sind, hat sie es mit mindestens zwei Männern getrieben", sagte Stahnke. „Jedenfalls weiß ich von zweien. Das war nicht zu übersehen. Meinen Sie das?"

Kein schlechtes Tatmotiv übrigens: Eifersucht wegen Überbewertung eines Urlaubsflirts. Die beiden Galane mussten etwa in seinem Alter sein; den, der als Erster zum Zuge gekommen und dann ausgestochen worden war, hatte man in den letzten Tagen kaum noch zu sehen bekommen. Schämte sich wohl seiner Niederlage. Der aktuelle Kavalier war so ein hagerer mit hoher Denkerstirn. War ihm der nicht auch schon im Bus aufgefallen? Wenn ja, dann wusste er jedenfalls nicht mehr, warum. Vielleicht wegen seiner recht langen, dichten Haare, die wohl schon seit längerer Zeit grau waren und bereits weiß zu werden begannen.

„Nein", antwortete die Frau. „Ich meine, dass sie schlampig war. Unerträglich schlampig."

Stahnke schaute sie an; ihr Gesicht war ausdruckslos, bei näherer Betrachtung aber alles andere als unansehnlich. „Sie wohnen auch in Hütte Nummer sechs?", fragte er.

Die Grauhaarige nickte. „Die Hütte ist voll belegt, wie alle hier, es gibt nur Zweibett-Zimmer, die anderen bei uns sind Paare, also mussten wir uns ein Zimmer teilen." Sie starrte vor sich hin und schwieg.

„Und?“, fragte Stahnke nach einer Weile.

„Sie ist so rücksichtslos“, stieß die Frau hervor. „Sie schmeißt ihre Sachen überall hin, sie kommt und geht, wann es ihr passt, und macht unerträglichen Lärm dabei, sie wäscht nie ab, wenn sie dran ist, und macht auch nie sauber.“ Sie stockte kurz und fuhr dann flüsternd fort: „Und sie stinkt. Ich meine natürlich, sie stank.“

„Parfüm?“

„Schweiß. Schon nach drei Tagen roch ihr langes Unterzeug grauenhaft, und sie hat die Sachen nie nach draußen gehängt, nicht einmal in den Wohnraum, sondern immer einfach nur in unserem Zimmer verstreut. Es war nicht auszuhalten. Wenn man von draußen kam, aus der frischen Luft – das war wie ein Hammerschlag vor den Kopf.“

Stahnke runzelte die Stirn. Die Frau schien sich richtig in Hitze zu reden. War das normal, sich über ein bisschen Schlamperei so aufzuregen?

Paadypaadypaady fiel ihm ein, seine eigene heizende Wut. Nun ja, so unnormal war das wohl wieder nicht.

„Das Schlimmste aber waren ihre Skisocken“, sagte die Grauhaarige. „Die müssen schon gestunken haben, als sie sie aus ihrem Koffer holte. Und mit jedem Tag wurde es schlimmer. Unglaublich, dass Socken so stinken können!“

Stahnke musste an seine eigenen Skisocken denken. „Ach, wenn man Sport treibt, da schwitzt man eben, vor allem als untrainierter Mensch …“

Die Frau schüttelte energisch den Kopf. „Die hat keinen Sport getrieben“, sagte sie. „Die nicht. Die war doch nur hier, um Männer aufzureißen und wilde Partys zu feiern. Strip-Poker spielen bis zum frühen Morgen mit den Kerlen in Hütte acht. Die ist doch keinen Meter mit ihren Skiern gelaufen. Ging ja auch gar nicht.“

„Ging nicht?“

„Nein. Nicht bei diesem Tiefschnee. Einer ihrer Skistöcke hat nämlich nicht einmal einen Teller, damit wäre sie hier nicht weit gekommen.“

Klar, ein Skistock ohne Teller knapp oberhalb der Spitze war hier witzlos. So ein Teller verhinderte, dass der Skistock beim Abstoßen zu tief in den Schnee einsank. Das war bei einer Schneedecke von reichlich anderthalb Metern bitter nötig. Es gab solche

Teller in verschiedenen Formen und aus unterschiedlichem Material. Manche erinnerten mehr an Flossen. Aber ein Skistock ganz ohne so ein Dings taugte weder zum Schub geben noch zum Balance halten.

Ein Skistock ohne Teller taugte höchstens …

„Gestern Abend hatte ich die Nase voll“, fuhr die Grauhaarige fort. „Buchstäblich. Als sie wieder weggegangen war, feiern in Hütte acht, ohne auch nur irgendetwas von ihrem stinkenden Kram wegzuräumen, habe ich den ganzen Krempel genommen und vor die Hütte geworfen. Hemden, Unterhosen, Stinkesocken, alles, was da rumlag. Raus damit.“

„Ihre Skistöcke auch?“, fragte Stahnke.

„Die auch“, sagte die Grauhaarige und nickte bekräftigend, dass die Lockenzotteln nur so flogen.

Stahnke schaute nach beiden Seiten. Der Weg von Hütte acht zum Klo führte hier an Hütte sechs vorbei. Der Hohlweg war auch bei tiefer Dunkelheit nicht zu verfehlen, und nach sieben Tagen kannte hier jeder die Richtung. Ohne Lampe kam man zwar leicht zu Fall, aber hier lag ja nichts herum, woran man sich verletzten konnte.

Normalerweise wenigstens. Jetzt aber lag hier einiges herum. Die Morgendämmerung ließ Wäschestücke erkennen. Und den zweiten Skistock. Den mit Teller.

Stahnke blickte die Grauhaarige an. Diesmal tauchte sein Blick in ihren. Sie sah entschlossen aus.

Was hatte Sina gesagt? „Solche Tussen ärgern mich einfach.“ Wie lange, wie viel musste man sich ärgern, um zu hassen?

„Dieser Mann“, sagte Stahnke langsam, so langsam, wie ihm die Erinnerung kam, „dieser Hagere mit der Denkerstirn, der zweite Lover von der Steenblock. Hat der nicht auf der Herfahrt im Bus direkt neben Ihnen gesessen?“ Natürlich hatte er. Angeregt unterhalten hatten sich die beiden, stundenlang, und leise zusammen gelacht. Auch während der ersten Tage im Hüttendorf hatte man die beiden häufig gemeinsam in der Loipe gesehen. Bis dann der Grauweiße von der Grauen zur Weißen übergelaufen war. Ein lockender Blick aus schwarz umrandeten Augen, ein kreischendes Lachen aus grellrotem Mund mussten genügt haben. Stahnke, in Sachen Enttäuschung nicht eben unerfahren, konnte sich den

Schmerz vorstellen, der die Grauhaarige durchbohrt haben musste.

„Und wenn“, sagte die Frau. Ihre Gesichtszüge wirkten hart, wie vereist. „Es war ein Unfall. Unfälle passieren.“

Stahnke starrte auf die Leiche. Sie war weiß, von oben bis unten, bis auf die Wunde und den bunten Schal.

Nein, das war kein Schal. Jetzt, mit zunehmendem Tageslicht, konnte man das erkennen. Etwas Buntes, Wollenes, aber kein Schal. Sondern eine Skisocke, eindeutig.

Der Menschenkreis um sie herum öffnete sich und ließ vier Männer durch, zwei davon uniformiert. Die drei im Kreis traten zurück, Stahnke und Sina zur einen Seite, die Grauhaarige zur anderen. Die vier Polizisten kümmerten sich nicht um sie.

Stahnke schaute Sina an: „Hast du eigentlich dein Norwegisch-Lexikon mitgenommen?“

„Ja“, sagte sie. „Warum?“

„Ach nichts.“ Stahnke zuckte die Achseln: „Vergiss es. Sollen die sich doch selbst ein Reim drauf machen.“

Seite an Seite stapften sie durch den knarrenden Schnee davon.

Schiefer als Pisa

Kramer trat durch die Kirchhofspforte, blickte hoch, zuckte zusammen und machte einen Ausfallschritt nach rechts, als hätte ihn jemand geschubst. Aus der offenen Kirchentür drang unterdrücktes Lachen. Dort stand Stahnke im Schatten der meterdicken Mauern und feixte. Er kannte dieses Schlingergefühl nur zu gut, das jeden erfasste, der sich dem Suurhuser Kirchturm näherte. Obwohl er die alte Kirche von früheren Besuchen her kannte, war es ihm wenige Minuten zuvor ganz genauso ergangen wie jetzt Kramer.

„Chef." Ein gefriergetrockneter Gruß, von Stahnke mit einem sparsamen Nicken beantwortet. So sparsam, dass es praktisch nur aus einem kurzen Falten der Augenlider bestand. Der Hauptkommissar schätzte seinen Assistenten ebenso wie der ihn, aber die beiden Männer hatten es sich angewöhnt, daraus ein Geheimnis zu machen. Zuweilen sogar vor sich selbst.

Die Tote lag rechts neben der Kirchentür, bäuchlings ausgestreckt auf dem hellroten Pflaster. Arzt und Fotograf waren noch mit ihr beschäftigt, also hielten sich die beiden Kriminalbeamten vorerst zurück. Seite an Seite, die Hände auf dem Rücken verschränkt, gingen sie ein paar Schritte in Richtung Pforte und studierten dabei die Inschriften auf den Grabsteinen. Jan und Theda, Coord und Aje, Remmer, Heye und Lüta, Altje und Berendine. Verwundert registrierte Stahnke, dass ihn diese Namen anrührten. Weder Wehmut noch Trauer riefen sie wach, sondern Stolz. Merkwürdig.

Wie auf Kommando drehten sich die beiden Kommissare um. Wieder war da dieses Schlingergefühl, gedämpfter zwar, weil nunmehr erwartet, aber deutlich. Wenn über zweitausend Tonnen Backsteingemäuer, aufgetürmt zu einer Höhe von mehr als siebenundzwanzig Metern, plötzlich schräg in der Luft hängen, dann weigert sich das menschliche Gehirn schlicht zu glauben, was ihm das Auge da meldet. Und wenn nicht der Turm schief ist, dann muss es eben der Fußweg sein. Daher der unwillkürliche Schritt nach rechts, zur vermuteten Steigung hin.

Diese Steigung gab es jedoch nicht, das Pflaster war eben. Der Turm aber war wirklich so schief. Und nicht einfach nur schief; der Turm der alten Kirche zu Suurhusen vor den Toren Emdens war der schiefste Turm der Welt. Schiefer als Pisa.

Das behaupteten die Suurhuser nicht nur, das konnten sie auch beweisen. Zwei Meter und dreiundvierzig Zentimeter Überhang hatte ihr Kirchturm bei siebenundzwanzig Metern und siebenunddreißig Zentimetern Höhe; der weltberühmte Turm zu Pisa hatte zwar vier Meter und sechsundzwanzig Zentimeter Überhang, war freilich auch stolze fünfundfünfzig Meter hoch. Das entsprach einem Neigungswinkel von 4,43 Grad. Der Suurhuser Turm aber brachte es auf 5,07 Grad. Weltrekord.

Fast wären die Suurhuser allerdings wieder aus dem Guinness-Buch der Rekorde verdrängt worden – ausgerechnet durch ostfriesische Konkurrenz. In Midlum nämlich, jenseits der Ems, also fast schon in Holland, stand ein noch schieferer Turm. 6,27 Grad Neigung, wenn auch bei nur zehn Metern Höhe, waren kaum zu schlagen. Aber wo man nicht siegen kann, da kann man immer noch verhandeln, sagten sich die Suurhuser. Und fanden den Königsweg: Der Turm zu Midlum war ein reiner Glockenturm, der zu Suurhusen aber ein Kirchturm. So konnte ein jeder der Schiefste seiner Art sein, und Ostfriesland war statt um eine gleich um zwei Attraktionen reicher.

Der Arzt richtete sich auf und winkte zu ihnen herüber.

„Gehen Sie mal hin, Kramer“, sagte Stahnke. Eigentlich hatte er ja auf diesen Augenblick gewartet, jetzt aber fühlte er sich in seinen architektonischen Überlegungen gestört. Außerdem hatte er überhaupt keine Lust auf eines dieser anstrengenden Gespräche mit Dr. Mergner, dessen Erläuterungen gewöhnlich ebenso fusselig waren wie sein Haarschopf.

Kramer nickte.

„Und befragen Sie gleich mal die Leutchen da“, fügte Stahnke hinzu. Vier ältere Männer hatten sich von irgendwoher eingefunden und standen um Mergner herum, die Hände in die fülligen Hüften gestemmt, so selbstverständlich, als gehörten sie ohne jede

Frage hierher. Was wohl auch der Fall war, sonst wären sie kaum durch die Absperrung gekommen.

Kramer nickte wieder und schob ab. Ach ja, es hatte schon Vorteile, Vorgesetzter zu sein, sinnierte Stahnke. Nicht zum ersten Mal. In puncto gründlicher Polizeiarbeit konnte niemand Kramer das Wasser reichen. Warum also sollte man ihn dabei stören?

Ich benehme mich schon wie einer von diesen Fernseh-Polizeitrotteln, dachte Stahnke und grinste in sich hinein. Hoffentlich bekommt das keiner von der Direktion mit, sonst habe ich in Zukunft jede Menge Zeit zum Fernsehen.

Wieder ließ er seinen Blick an der Kirche entlang und am Turm empor wandern. 750 Jahre war dieser Bau alt, der in seiner trutzigen Massigkeit alles andere als einladend wirkte und doch Schutz versprach, nicht nur durch seine Größe, die hier auf dem Lande jahrhundertelang unerreicht gewesen sein dürfte, sondern auch durch seine Lage auf einer Warft, einer künstlich aufgeworfenen Erhebung, die bei Sturmfluten die einzige Zuflucht weit und breit bot.

Viel hatte das Leben unweit der Küste den Menschen damals nicht zu bieten gehabt, jedenfalls nicht annähernd so viel, wie es ihnen abverlangte. In dieser Hinsicht war die Kirche ein getreues Abbild des Lebens. Genommen hatte sie gern und reichlich, aber was konnte sie schon geben außer ein paar Versprechungen? Ein bisschen Hoffnung, nun ja, aber ohne Garantie und Umtauschrecht. Immerhin aber besaß die allsonntägliche Show auf der Kanzel einigen Unterhaltungswert. Und da es Konkurrenz praktisch nicht gab, waren gute Zuschauerquoten sicher. Die Kirche als Fernsehen des medienlosen Zeitalters also. Und der Pfarrer gab wahlweise den Nachrichtensprecher oder den Biolek, je nachdem.

Stahnke, du spinnst schon wieder, schalt sich der Hauptkommissar. Diese ungesteuerten Gedankenkaskaden waren ihm selbst suspekt, dennoch ertappte er sich immer wieder dabei, wie er sie ungehemmt sprudeln ließ. Er schüttelte den runden, stoppelblonden Kopf und glaubte Kramers kritischen Blick zu spüren. Schnell tauchte er in der Kirche unter.

Im Inneren des Turms merkte man nichts von der starken Neigung. Das Gebäude war sichtlich restauriert, die Narben des Alters jedoch waren so deutlich zu erkennen wie die Falten in einem gepflegten, aber nicht geschminkten Gesicht.

Durch das Untergeschoss des Turms hindurch ging es nach links ins Kirchenschiff mit seinem hölzernen Gestühl, der Orgelempore, dem altehrwürdigen Taufstein und der geschnitzten Kanzel. Als katholische Kirche war das Gebäude um 1250 herum errichtet worden, noch ohne Turm. Der war erst zweihundert Jahre später hinzugekommen, und man hatte dafür ein Viertel des ursprünglichen Baus abreißen müssen, weil der Platz auf der Warft nicht reichte. Mit Eichenbohlen hatte man den Turm gegründet, und die hatten ihn auch tadellos gehalten, mehr als vierhundert Jahre lang. Solange sie nämlich im Grundwasser lagen, gut isoliert und konserviert. Mit der um 1885 einsetzenden verstärkten Entwässerung jedoch, mit der Errichtung von Schöpfwerken und der Senkung des Grundwasserspiegels begannen die Probleme. Die Nässe hatte die Eichenbohlen geschützt, jetzt aber lagen sie nur noch feucht. Sie begannen zu faulen und der Last des Turms nachzugeben.

Schon 1926 wurde der zwölf Meter hohe Dachreiter vom Turm entfernt, um ihn zu entlasten; seinerzeit betrug der Überhang erst etwas über einen Meter. Stahnke, in Emden aufgewachsen, erinnerte sich an den Heimatkundeunterricht in der Grundschule. Die Neigung wuchs ständig weiter, bis man um 1970 herum, als der Überhang schon mehr als zwei Meter betrug, keine Chance mehr sah, den Kirchturm zu retten, vor allem, weil das viel zu teuer geworden wäre. Die alte Kirche zu Suurhusen wurde gesperrt, die Orgel verkauft, die Fenster wurden vernagelt, Gottesdienste fanden im neuen Gemeindezentrum statt. Die alte Kirche verfiel, Kinder spielten Fußball darin und machten Lagerfeuer. Ein baldiges Ende schien absehbar.

„Chef.“ Wieder wurde Stahnke aus seinen Gedanken gerissen. Kramer, aha. Offenbar war er in der Zwischenzeit fleißig gewesen. Da kam sein Vorgesetzter wohl nicht darum herum, ihn wenigstens anzuhören.

„Ja?“

„Erna Redenius, 56 Jahre, Vorsitzende des Kirchenrates. Bruch der Schädeldecke, ein einzelner Schlag. Todesursache eindeutig.“

Wie lange mochte Mergner wohl für diese Mitteilung gebraucht haben? Zuweilen war Kramers Kondens-Stil wirklich erholsam.

„Tatwaffe?“ Stahnkes Standard-Frage.

„Noch nicht ermittelt.“ Kramer blätterte in seinen Notizen. „Der Schlag wurde mit einem schweren, unregelmäßig geformten Gegenstand geführt. Vermutlich Metall.“ Der hagere Mann blickte auf: „Der Schädel wurde genau von oben getroffen. Sehr hart außerdem. Der Täter muss also nicht nur kräftig, sondern auch recht groß gewesen sein.“

Stahnke stutzte. Das kam ihm doch irgendwie bekannt vor. Er hörte etwas läuten, sozusagen, aber keine Kirchenglocken. Oder doch?

Jetzt erst bemerkte Stahnke den alten Mann, der zusammen mit Kramer näher gekommen war. Ein großer, stämmiger Stirnglatzenträger im Rentenalter, der Ruhe ausstrahlte und Kompetenz. Kein Wunder, dass die Kollegen von der Schutzpolizei ihn durchgelassen hatten.

„Das ist Herr Steen“, sagte Kramer. „Einer von den elf Männern, die die Kirche seinerzeit gerettet haben. Und er ist Mitglied im Kirchenrat.“

Richtig, die Rentner-Gang. Stahnke hatte in der Zeitung davon gelesen. „Moin, Herr Steen.“ Er drückte dem Mann die Hand. Eine Hand wie aus Leder, mit dicken, gerillten Fingern, die sich kaum biegen ließen. „Ihr Werk hier, was?“ Etwas zu anbiedernd, fand Stahnke. Aber gesagt war gesagt, wie so oft.

Steens Ausdruck blieb unverändert; nicht stolz, aber selbstbewusst. „Elf waren wir“, sagte er, „die meisten leben nicht mehr. Nur noch vier, mit mir. 1500 Arbeitsstunden hat jeder von uns geleistet. Keine Kleinigkeit. Aber wir haben’s geschafft.“

„Wie haben Sie denn die weitere Absenkung des Turms verhindert?“ Wieder einmal war Stahnke froh, einen Beruf zu haben, der jede Form von Neugier entschuldigte.

„Mit elf Stützpfeilern“, sagte Steen. „Ab elf Meter Tiefe ist fester Sand. Wir haben auf den elf Metern Turmbreite elf Blechmäntel abgesenkt und mit Beton aufgefüllt. Pro Pfeiler achtzig Tonnen Druck, achthundert Tonnen waren berechnet, also zehn Prozent Reserve. Seitdem ist der Turm keinen Zentimeter mehr abgesackt.“

„Selbst berechnet?“ Falls ja, dann sicher auf Grundlage der Wurzel aus elf, mutmaßte Stahnke.

Steen schmunzelte: „Nein, das war der Professor Schulte aus Aachen. Vielleicht haben Sie von ihm gehört, er ist der einzige Deutsche, der an der Pisa-Studie mitgearbeitet hat."

„Das passt." Sie lachten gleichzeitig und kurz. Die Situation verlangte Ernst.

„Warum hat sich denn Frau Redenius hier bei der Kirche aufgehalten, an einem Dienstagnachmittag?", fragte Stahnke. „Gab es etwas vorzubereiten?"

„Nicht dass ich wüsste", sagte Steen. „Die Konfirmationen sind für dieses Jahr gelaufen, Beerdigungen oder Hochzeiten stehen derzeit auch nicht an, und um die Touristen kümmere ich mich. Deshalb habe ich sie ja auch gefunden."

„Herr Steen hat nichts angefasst und uns umgehend informiert", warf Kramer ein. Klar, dass er das sofort abgeklärt hatte.

„Natürlich hat die Kirchenratsvorsitzende das Recht, jederzeit Kontrollbesuche zu machen", sagte Steen. „Ihre Gewohnheit war das allerdings nicht."

„Hatte sie's nicht so mit der alten Kirche?" Stahnke hatte den bitteren Unterton nicht überhört.

„Ach." Steen stemmte die Hände in die Hosentaschen; das Thema war ihm sichtlich unangenehm. Wenn er jetzt mauert, wird es schwierig, dachte Stahnke. Dann aber fuhr der alte Mann doch fort: „Es gibt ja öfter zwei Meinungen, nicht wahr. Viele haben damals keinen Pfennig mehr für die alte Kirche gegeben. Das neue Gemeindehaus war ja schon da, nicht wahr, und eine neue Kirche hätte auch Vorteile gehabt. Nicht mehr dieser Umstand mit dem Heizen, und vielleicht eine richtige Leichenhalle. Statt dessen haben wir jetzt immer noch dieses alte Ding. Für manchen ist das ein Klotz am Bein."

Stahnke nickte. Jetzt, da der schiefste Turm der Welt zu einer Art Wahrzeichen geworden war, gab es natürlich keinen Weg mehr zurück. Und die viele Publicity war sicher auch nicht jedem recht. Zumal die Heldenrollen bereits vergeben waren.

Warum ihm beim Stichwort „Held" Pater Brown einfiel, konnte Stahnke nicht sagen, wohl aber schoss ihm jetzt in den Sinn, was ihm zuvor bei Kramers Täter-Vermutung nicht hatte einfallen wollen. „Ich möchte bitte mal auf den Turm", sagte er. „Sie haben doch sicher den Schlüssel?"

„Hab ich“, sagte Steen. „Aber empfehlen kann ich Ihnen das nicht.“

„Warum?“

„Tauben.“

Steen zückte ein Schlüsselbund, fingerte einen modernen Sicherheitsschlüssel heraus und näherte sich der Tür zum Turm. Dann drehte er sich zu Stahnke um. „Offen“, sagte er erstaunt.

Der Zugang zum Turm befand sich gleich hinter dem Haupteingang, dort, wo sich bei Einfamilienhäusern das Gästeklo befindet. Hunderte von Tauben hatten das offenbar als Aufforderung verstanden. „Halten Sie sich ein Taschentuch vors Gesicht“, sagte Steen. Dann drückte er die schwere grüne Holztür hinter Stahnke zu.

Die Treppe war eng, so eng, dass der stämmige Stahnke zuweilen mit beiden Schultern zugleich die Wände berührte. Die ersten Stufen waren aus Beton nachgeformt, dann folgte ein aus Backsteinen gemauertes Treppenstück, unregelmäßig und rutschig vom Vogelkot. Die letzten Stufen waren aus Holz. Endlich hatte er das erste Stockwerk erreicht.

Das Erste, was Stahnke sah, war ein Sarg. Ein Zinksarg offenbar, mit hoch gewölbtem Deckel. Ehe er den Gedanken, wer denn wohl darin liegen mochte, zu Ende gedacht hatte, sah er die langen Griffe an Kopf- und Fußende. Eine Bahre also, Vorgängermodell der modernen Leichenkoffer, die er schon so oft im Einsatz gesehen hatte. Aber was hatte das Ding hier zu stehen? Vielleicht hatte das mit den Sturmfluten zu tun, die früher durchaus bis hierher durchgebrochen waren und die Menschen bis auf den rettenden Kirchturm getrieben hatten. Möglich, dass der Zinksarg für diejenigen bereit stand, die es nicht mehr geschafft hatten.

Etwas weiter hinten hing die Glocke, die er schon von unten gesehen hatte, und dahinter war das große Schallloch, die gewölbte Fensteröffnung, um derentwillen er hier hochgeklettert war. „Mist!“, murmelte er, als er den Maschendraht sah, mit dem die Öffnung gesichert war. Den hatte man von unten nicht sehen können. Ganz offensichtlich war der Drahtverhau unbeschädigt.

Dutzende von Tauben flogen auf, hochgescheucht vom Schimpfen des Hauptkommissars. Wie mochten diese Viecher hier hineingekommen sein? Vielleicht war weiter oben etwas offen.

Mühsam kraxelte Stahnke die alte Holzleiter zum zweiten Stock hoch. Die Sprossen waren stark ausgetreten, und er achtete darauf, seine Füße ganz außen zu setzen, um kein Risiko einzugehen. Vermutlich war er doch etwas schwerer als jeder der elf verdienstvollen Rentner.

Der Holzboden im zweiten Stock erinnerte stark an ein Schiffsdeck, ein Eindruck, der durch seine Neigung noch verstärkt wurde. Auch hier war jede Öffnung mit Draht verschlossen, auch hier waren keine Spuren einer kürzlichen Öffnung zu entdecken.

Schade, dachte Stahnke. Im Film hatte das so prima geklappt. Ein Toter, dem der Schädel von oben eingeschlagen worden war, vermutlich mit einem Hammer. Ein großer, starker Mensch mit Motiv und ohne Alibi war schnell zur Stelle. Pater Brown aber, Gott sei Dank, kombinierte glasklar: Kein Hammer, sondern ein Klöppel war die Mordwaffe, gezielt fallen gelassen aus einer Kirchturmluke, von einer kleinen und eher schwachen Person. Perfekt – wenn der Pater nicht gewesen wäre. Wirklich schade, dass das hier nicht auch so gewesen sein konnte.

Andererseits hat Pater Brown ja nichts als Ärger bekommen, dachte Stahnke. Wer weiß, wozu es gut ist.

Also wieder die gute alte Polizeiarbeit, überlegte er, während er sich an den Abstieg machte. Wer hatte ein Motiv, wer hatte die Gelegenheit? Dazu das Mordwerkzeug. Was war es gewesen, und wo war es jetzt? Nach der Beschreibung der Kopfwunde hatte Stahnke gleich an einen verzierten Kerzenleuchter gedacht, aber so etwas gab es hier nicht. Was dann?

Steen, dachte Stahnke. Er gehörte zu den Rettern der alten Kirche, an der der Kirchenratsvorsitzenden offenbar nichts lag. War das schon ein Motiv? Ein Grund für einen handfesten Streit allemal. Und solch ein Streit hatte schon oft mit Totschlag geendet. Also Steen?

Quatsch. Stahnke neigte zwar zu vorschnellen Kombinationen auf Basis hauchdünner Indizien, aber das hier war selbst ihm zu windig. Ächzend stapfte er weiter. Außerdem, mit etwas Glück hatte Kramer den Fall ja bereits erledigt.

„Es gibt drei Möglichkeiten", empfing ihn Kramer, kaum dass er aus der Turmtür herausgestolpert war.

„Zwei zuviel", keuchte Stahnke und klopfte sich den Taubenkot von der Hose. „Erstens?"

„Erstens der Organist", sagte Kramer. „Er spielt hier seit zehn Jahren, aber Frau Redenius passte sein Stil nicht. Außerdem gefiel es ihr nicht, dass er in der Kirche private Unterrichtsstunden gab, die er sich gut bezahlen ließ. Sie wollte das Amt demnächst selbst übernehmen."

Stahnke schnaubte durch die Nase, in der sich ein ätzender Geruch festgesetzt hatte. „Mau, sehr mau. Zweitens?"

„Zweitens der Religionslehrer, der auch die Konfirmandengruppe leitet. Soll angeblich zu nett zu kleinen Jungs sein. Frau Redenius wollte ihn anzeigen, heißt es." Kramer zeigte mit dem Daumen auf die Gruppe um Steen, die in der Zwischenzeit deutlich angeschwollen war.

„Wenn's stimmt, ist das schon eher was", grunzte Stahnke. „Und drittens?"

„Drittens Herr Steen."

Stahnke schaffte es irgendwie, nicht loszuprusten. „Ich bitte Sie. Ein bisschen Stress zwischen Vorständlern, das ist doch kein Mordmotiv."

„Das vielleicht nicht", gab Kramer zu. „Aber Steen macht die ganze Öffentlichkeitsarbeit, führt die Touristen herum, sammelt Spenden und so weiter. Das ist seit Jahren sein ganzer Lebensinhalt. Und das …"

„Das wollte die Redenius ihm wegnehmen?"

Kramer nickte.

„Von wem haben Sie das?"

„Nicht von ihm", sagte Kramer. „Vom Friedhofsgärtner. Der kennt sich hier auch gut aus."

„Glaub ich sofort", murmelte Stahnke. Sollte er mit seiner Vermutung also doch richtig gelegen haben, wenn auch in Unkenntnis der wahren Beweggründe? Glauben konnte er es noch nicht.

„Was sagt Mergner eigentlich zum Tatzeitpunkt?", fragte er.

„Ziemlich genau halb drei", sagte Kramer. „Es war noch nicht lange her, als wir kamen, und die Leiche lag im Schatten, also keine störenden Einflüsse, was die Körpertemperatur angeht. Ein paar Minuten plus oder minus, aber Mergner war sich sehr sicher."

„Und wann ist Steen hier eingetroffen?“

Kramer gönnte sich eine Kunstpause. „Halb drei“, sagte er dann.

Also Steen. Stahnke fixierte den alten Mann verstohlen. Anzumerken war ihm nichts. Er schwatzte mit den Umstehenden, hantierte geschäftig, schaute auf seine Armbanduhr und dann zu ihnen herüber. Hastig drehte sich Stahnke weg.

„Bleibt die Tatwaffe“, sagte Stahnke.

„Ja“, sagte Kramer. „Die fehlt uns noch.“

Schritte näherten sich: Steen. „Nur eine Frage, weil ich jetzt nach Hause müsste: Brauchen Sie noch lange?“

„Nein“, sagte Stahnke, nachdem er Kramers Kopfschütteln abgewartet hatte. „Vorausgesetzt, Sie schicken die Leute nach Hause und schließen hinter uns ab. Vorläufig darf hier keiner rein.“

„Verstehe.“ Steen nickte ernsthaft. „Ich schließe ab und gebe Ihnen den Schlüssel mit, einverstanden?“

„Ja“, sagte Stahnke, und er dachte: Nein. Einfach unvorstellbar. Aber andererseits, was heißt das schon?

Steen komplimentierte die Leute hinaus, die sich offensichtlich nur ungern wegschicken ließen. Dann griff er hinter einen Wandbehang und holte den Kirchenschlüssel hervor.

Wortlos streckte Stahnke den Arm aus und nahm Steen das Ding aus der Hand. Der Schlüssel glänzte silbrig und war unterarmlang. Nein, noch länger. Stahnke nahm Maß; das mächtige Teil reichte ihm von der Armbeuge bis zum Fingeransatz. Der Bart war tief ausgezackt, und die Kerben waren innen schwarz. Schwarz? Dunkel jedenfalls. Ob vom jahrelangen Gebrauch oder vom einmaligen, würde sich zeigen. Aber Stahnke hätte jede Wette angenommen.

Und plötzlich wusste er es.

„Es ist ganz einfach“, sagte er und genoss Kramers fragenden Gesichtsausdruck. „Dies ist die Mordwaffe. Und der Täter ist derjenige, der ein Motiv hat und in diesem Moment hier anwesend ist.“

„Ja, aber …“ Kramer machte eine fahrige Bewegung in Steens Richtung.

Stahnke schüttelte den Kopf; er ahnte, wie überheblich er jetzt aussah. „Nein“, sagte er. „Nicht Herr Steen.“

„Aber wer dann?“

„Na, eben der, der außerdem noch hier ist.“

„Aber hier ist doch niemand mehr außer uns.“

Stahnke grinste. „Gucken Sie eigentlich keine Vampirfilme?“

Kramer schüttelte den Kopf.

„Aha. Deshalb. Jetzt gehen Sie mal da die Treppe hoch, in den ersten Stock. Da steht ein Sarg, und da gucken Sie bitte rein.“

„In den Sarg?“

„Ich gehe davon aus, dass die Tat im Affekt geschah“, sagte Stahnke. „Ganz spontan, nach einem handfesten Streit, mit dem erstbesten Gegenstand, der zur Hand war. Das war der Kirchenschlüssel; als Waffe überaus geeignet, wie Sie zugeben werden. Der Täter reinigte den Schlüssel oberflächlich, hängte ihn an seinen angestammten Platz zurück und wollte weg. Aber dazu kam er nicht mehr, weil Herr Steen an der Kirchhofspforte erschien. Damit war klar, dass die Tat umgehend entdeckt werden würde. Flucht war unmöglich – also verstecken. Der Täter ist ortskundig und besitzt Schlüssel zu allen Innenräumen, weil er hier regelmäßig ein- und ausgeht. Deshalb wusste er auch, wo hier das beste Versteck ist, in dem man es notfalls stundenlang aushalten kann.“

„Ein Sarg“, murmelte Kramer. „Das wussten Sie?“

Stahnke zuckte die Achseln. Kramers bewundernde Blicke waren ihm unangenehm. Zeit, das Spielchen zu beenden.

„Nun gehen Sie schon“, sagte er barsch.

„Und wer war es nun?“, fragte Kramer. Langsam wandte er sich der Turmtür zu, aber sein Gesicht drehte sich nicht mit.

Stahnke zuckte nochmals die Achseln. „Keine Ahnung. Wie immer halt: Einer mit Motiv und Gelegenheit. Den Namen werden Sie mir ja gleich sagen.“

Der Macho-Mörder von M

Machos? Hier in Emden? Wo denken Sie hin. So was werden Sie bei uns nicht finden. Jetzt nicht mehr. Tja. Sie können es ja nicht wissen, deshalb möchte ich Ihnen einen guten Rat geben: Verkneifen Sie sich diese Frage. Jedenfalls, solange Sie hier in Emden sind. Oder in M, wie wir sagen. Die einzige Stadt Deutschlands mit nur einem Buchstaben.

Warum? Das will ich Ihnen ja gerade erzählen. Vielleicht haben Sie sogar schon davon gelesen. Vor einem Jahr, als alles anfing, hat die Presse ja noch drüber berichtet. Nein? Na ja, zuerst war es ja auch nur ein Mord unter vielen.

Fokko Dirks hieß der Mann. Das Opfer. Tja, so heißt man hier. Ein Kerl wie ein Kugelblitz, rotbärtig und rund, immer gut gelaunt – zwei Zentner ausgelassener Speck, wenn Sie verstehen, was ich meine. Immer im Mittelpunkt, immer das große Wort. Wusste alles und alles besser.

War Eigner eines alten Zweimasters. Das Schiff lag hier im Ratsdelft, mitten in der Stadt, ja, gleich da vorn, wo Sie vorhin Ihr Speedboat festgemacht haben. Doppelschrauben, zweimal 120 PS, stimmt's? Ach, zweimal 140 sogar. Tja, das konnte man sehen.

Unser Fokko lag mit seinem Schiff hier im Delft und spielte den großen Seemann, am liebsten für die Touristen. Dabei war er in Wirklichkeit Teppichhändler.

Und eines Morgens hing er dann plötzlich da, regelrecht aufgeknüpft an seinem eigenen Schiff. Aber nicht etwa am Großmast, sondern vorne am Bugspriet, bis zu den Knien im Wasser. Habe ihn selbst gefunden. Sein Hemd war vorne offen, die Wampe hing raus, und darauf war ein großes M gemalt. Mit roter Unterbodenfarbe.

Tja, so kann's kommen.

Gab natürlich eine Riesenaufregung und für uns reichlich Stress. Keine Spur, kein Verdächtiger, kein Motiv, dafür jede Menge Erwartungsdruck. Unser Kriminaldirektor war so einer wie im Fernsehen, Sie wissen schon: „Ich verlange Resultate, und zwar innerhalb von 24 Stunden.“ – Die Sorte eben. Eine echte Nervensäge.

Ach, hatte ich das noch gar nicht erwähnt? Mein Name ist Stahnke. Einfach Stahnke. Kriminalhauptkommissar, Mordkommission. Da kommt ja unser Bier. Tja, dann prost.

Der Chef konnte natürlich verlangen, soviel er wollte – wenn man nicht weiß, wonach man sucht, dann findet man gewöhnlich auch nichts. Auch nicht in 72 Stunden. Und dann gab's ja auch schon den zweiten Mord.

Heiner Kopanka, Sportstudent. Kräftiger Bursche, kein Mucki-Bubi, mehr wie ein Turner, nur größer. Jollensegler, war mal Vierter bei der Kieler Woche gewesen. Jetzt war er Nummer zwei unserer Killer-Woche.

Ich war einer der Ersten am Tatort. Da waren auch Fotos von ihm: Immer freches Grinsen, immer vorgeschobenes Becken. Kleiner Kopf, kurze blonde Haare. Trug manchmal eine winzige Elbseglermütze und riesige Holzschuhe. In Kiel, wo er auch studiert hatte, soll so was ganz gut angekommen sein, hieß es. Angeblich nannte man ihn da den „One-Night-Ständer“. In Emden hatte er wohl weniger Fans. Jedenfalls hat man ihm mit einem seiner eigenen Holzschuhe den kleinen blonden Schädel eingeschlagen. Und natürlich ein rotes M auf den Waschbrettbauch gemalt.

Tja. Diesmal mit Filzstift.

Danach war natürlich richtig Hölle, weil jetzt klar war, dass wir es mit einem Serien-Killer zu tun hatten. Mein Chef lag mir natürlich Tag und Nacht in den Ohren. Aber nur 48 Stunden lang. Dann war auch er tot. Erstochen, mit einem Grillspieß, auf seinem eigenen Hausboot. Seine Gäste fanden ihn dort vor, halbnackt am Boden, mit dem großen roten M auf dem Bauch. Chilisauce.

Ich kam erst etwas später dazu. War nicht eingeladen. Tja.

Natürlich haben wir nach Gemeinsamkeiten gesucht. Auf den ersten Blick schienen Fokko Dirks, Heiner Kopanka und mein Chef rein gar keine Ähnlichkeiten aufzuweisen. Ein segelnder Teppichhändler, ein Jollen-Gockel und ein Polizei-Karrierist. Drei Paar Schuhe sozusagen. Eins davon auch noch aus Holz.

Aber dann bin ich mal etwas tiefer in die Materie eingestiegen. Zugegeben, mein Assistent Kramer und ein Kasten Jever Pils haben mir dabei geholfen. Tja.

Bei meinem Chef hab ich angefangen, weil ich den am besten kannte. Ferdinand Sartorius, 49 Jahre, Nackenschwänzchenträger, verheiratet mit einer Feinkost-Kette. Vorsitzender vom Segelclub. Jäger. SPD-Mitglied, was man nur begreift, wenn man weiß, dass die SPD in Emden etwa den Status hat wie die CSU in Bayern. Wer hier was werden will, ist drin.

Ferdinand Sartorius, ein Arschloch im Aufwind, wenn Sie mir dieses Bild mal gestatten wollen. Und tatsächlich war Arschloch der Schlüssel. Nicht Schlüsselloch, jetzt werden Sie mir aber etwas gewöhnlich. Sartorius war mir unsympathisch, herzlich zuwider sozusagen. Tja, und das waren die beiden anderen auch. Richtige Machos eben.

Wenn es eine Gemeinsamkeit gab, dann die.

Diese Leute wollen sich anderen überlegen fühlen, aber sie wollen möglichst nichts dafür tun. Nichts leisten, nur sein. Früher machten solche Typen auf feudal, dann auf national, heute reicht Genital. Das sind keine Männer, das sind Männchen. Alles Denken und Trachten reduziert auf Machterwerb und Geschlechtsakt. Unheimlich hart sind sie, diese Machos, aber nur nach außen. In Wahrheit sind das die Weicheier. Hartschalige Weicheier.

Ob ich Komplexe habe? Hab ich mich auch oft gefragt. Irgendwie schon. Tja, ich leide unter diesen Typen. Weil ich sie durchschauen kann, aber nicht aufhalten. Weil ich weiß, wie ihr Erfolg funktioniert, es aber selbst nicht tun könnte, ohne zu kotzen. So ziehen sie rechts und links an mir vorbei und grinsen. Das macht hilflos, und Hilflosigkeit macht aggressiv. Tja.

Möchten Sie auch noch ein Bier?

Ich bin dann zu Fritz Manninga gegangen, Sartorius' Nachfolger, und habe ihm meine Theorie erläutert. Hat eine Weile gedauert, aber Manninga ist 61 und nicht dumm, irgendwann hatte ich ihn überzeugt.

Manninga ist daraufhin zum Oberbürgermeister, der hat den Stadtrat zusammengetrommelt und einen Runden Tisch ins Leben gerufen mit Vertretern der Presse, der Kirchen, Schulen, Gewerkschaften und so weiter, mit allem Klimbim, wie man das eben so macht. Tja, und so wurde das Problem dann tatsächlich gelöst.

Den Mörder? Nein, den haben wir nicht gefasst. Das Macho-Problem haben wir gelöst!

Sind Ihnen denn nicht die Schilder aufgefallen? Rotes M auf weißem Bauch, äh Grund – schwarz durchgestrichen. Machos verboten. Die Dinger stehen doch an allen Ortseingängen. Emden ist machofreie Zone.

Und seitdem ist Ruhe. Keine Macho-Morde mehr. Tja. Ganz einfach, wenn man's recht bedenkt, oder?

Anzunehmen, dass er noch frei herumläuft. Hat aber doch auch eine gewisse pädagogische Wirkung. Das Klima in der Stadt hat sich in den letzten Monaten deutlich verändert. Zum Positiven. Die Kerle sind kleinlauter geworden. Vielleicht auch weniger. Haben eben Angst vor dem großen M. Aber letztlich ist es ja egal, warum sie die Klappe halten. Hauptsache, sie tun es.

Tja, es wird kühl. Sehr vernünftig, dass Sie Ihr Hemd weiter zuknöpfen. Schwarze Seide, nicht? Für mich wäre das nichts, da sieht man sofort die Schuppen. Und Ihr Powerboat, das lassen Sie doch auch besser liegen. Nach fünf Bier. Ich bin zwar nicht im Dienst … genau.

Gehen wir noch ein paar Schritte zusammen, ich bringe Sie bis zu Ihrem Hotel. Wir haben denselben Weg. Doch, bestimmt.

Ja, Herr Ober, ich möchte zahlen. Zusammen. Nein, keine Widerrede, Sie sind mein Gast. Na eben.

Danke, Herr Ober. Sie haben doch nichts dagegen, wenn ich mir noch ein paar von den kleinen Ketchup-Tütchen einstecke? Genau. Kann man immer brauchen. Sie sagen es.

Die Nürnberger hängen keinen

Hier soll er drübergesprungen sein?" Sina schüttelte ungläubig den Kopf, dass ihre Ohrgehänge nur so klimperten. „Mit einem Pferd? In einem Satz?"

„Natürlich in einem Satz. Mit zweien wäre es ja wohl kaum möglich gewesen." Stahnke grinste so breit, wie es sein Gesicht zuließ, und das war nicht wenig. „Schließlich war der Burggraben damals mit Wasser gefüllt. Und es ist nicht überliefert, dass das Pferd Jesuslatschen trug."

„Ist denn wenigstens überliefert, wie breit dieser Graben damals gewesen sein soll?" Skeptisch beugte sie sich über die Mauerbrüstung; ihre glatten Haare schimmerten in der Sommersonne wie die Kaskaden eines rotbraunen Wasserfalls. „Im Turnier springt ein Pferd vielleicht fünf Meter weit, höchstens. Und das hier ist" – ihre ausholende Armbewegung endete in einem wägenden Wackeln der Hand – „keine Ahnung, jedenfalls ein Mehrfaches. Unmöglich, dass ein Gaul das schafft, schon gar mit einem dicken Ritter auf dem Rücken. Womöglich noch in voller Rüstung. Oder sagt die Überlieferung darüber nichts?"

Breiter konnte Stahnkes Grinsen nicht werden, also blieb es konstant. „Wohl eher keine Rüstung. Schließlich sollte der Ritter Eppelein ja gehängt werden, und dazu hat man ihn vermutlich nicht extra in Blech gekleidet."

„Gehängt, aha. Und was hatte er dann mitsamt seinem Gaul hier auf der Burgmauer verloren? Der Galgen wird ja wohl im Innenhof gestanden haben, wie das im Mittelalter so Brauch war."

„Richtig. Aber die Sache mit dem letzten Wunsch, die gab es damals schon. Und sein letzter Wunsch war …"

„… vor seinem Tode noch einmal über die Mauer zu reiten, schon klar. Und das haben ihm die netten Nürnberger gestattet. Na, die waren vielleicht leichtsinnig."

„Was heißt leichtsinnig.“ Stahnke stemmte die Fäuste in seine gut gepolsterten Hüften. „Schließlich hielten sie ihre Befestigungsanlagen ja für unüberwindlich.“

In seinem unvermeidlichen Trenchcoat, den er auch im Sommer nicht abzulegen pflegte, sah Stahnke gegen die Sonne selbst wie ein Raubritter in voller Montur samt Umhang aus. Vermutlich hätte es ihm sogar Spaß gemacht, seine breiten Schultern in poliertem Metall zur Schau zu stellen und mit einem Morgenstern herumzufuchteln, dachte Sina. Nur die Sache mit dem Reiten, die hätte ihm wohl weniger gefallen. Mit oder ohne Burggraben.

„Und das glaubten sie auch aus gutem Grund“, erwiderte sie. „Nürnberg war eine Großmacht seinerzeit, kaiserliche Residenz und was nicht alles, rüstungstechnisch natürlich auf dem neuesten Stand, offensiv wie defensiv. Und wenn über deren Burggraben kein Angreifer drüberhopsen konnte, dann sicher auch kein Ausbrecher. Auch wenn der den Vorteil hatte, in größerer Höhe abspringen zu können.“

Stahnke griff nach Sinas Arm und hakte sie unter. „Natürlich erforderte das ganz besondere Kraft und Technik.“ Sein Grinsen war zu einem Schmunzeln geworden, das Sina irgendwo zwischen hintergründig und hinterhältig einordnete. Langsam schlenderten sie die Burgmauer entlang. „Du weißt schon, wie beim Weitsprung eben, da muss man ja auch den Balken richtig treffen. Und im idealen Moment ordentlich abdrücken. Nur dann kann es ein Weltrekord werden. Hier, schau mal.“

Zwei tiefe Eindrücke prangten in der Mauerkrone. Zwei hufeisenförmige Vertiefungen, wie von einem überirdischen Gaul beim Absprung in den massiven Stein gestampft. „Was zum Teufel …“

„Ja, vielleicht hast du Recht.“ Stahnke grinste wieder in voller Breite. „Womöglich hat Ritter Eppelein seine Seele dem Teufel versprochen, und der hat ihn dann flugs über den Graben gehoben. Auf dass der Herr Ritter dann von der sicheren Seite herüber höhnen konnte: ‘Die Nürnberger hängen keinen, sie hätten ihn denn.’“

Sina schnaubte verächtlich durch die Nase: „Touristen-Verarsche.“ Ein bisschen klang es nach Pferd. „Überhaupt verstehe ich nicht, warum dir ein Ausbrecher so sympathisch ist. Schließlich ist es doch dein Job, solche Leute zu fangen und in den Bau zu stecken.“

„Na, hör mal! Wieso denn solche Leute? Schließlich bin ich beim Morddezernat und nicht beim Verfassungsschutz.“

„Ach, dann war dieser Eppelein wohl ein Freiheitskämpfer? Oder ein Systemveränderer? Ich dachte, er sei ein Raubritter gewesen, ein ganz gewöhnlicher Gewaltkrimineller also.“

Stahnke zuckte die Achseln. „Das war wohl ziemlich schwer auseinander zu halten, damals. Irgendwie waren diese Harnischträger doch alle sowohl politisch als auch kriminell. Und wer gerade an der Macht war, konnte bestimmen, wer gut war und wer böse.“

„Wer also gehenkt wurde und wer Henker sein durfte.“

„So in etwa.“ Stahnke nickte bedächtig. „Was ja übrigens nicht nur im Mittelalter so war. Denk nur an die Nazizeit, damals wurden in Nürnberg die Rassengesetze erlassen, und als dann der Hitler die große Grätsche gemacht hatte, wurde ebenfalls hier den gestürzten Machthabern der Prozess gemacht. Die Nürnberger Prozesse.“

„Na, damals sind ja auch eine Menge Mitschuldiger davongekommen“, sagte Sina. „Wahrscheinlich alle über den Graben gejumpt, wie damals dein Ritter Eppelein. Alle mit dem Teufel im Bunde. Hoffentlich passiert dir das heute nicht.“

„Wieso mir?“ Stahnke drückte Sina an sich. „Ich habe schließlich meinen Job schon gemacht. Der Mann sitzt ein, für den Prozess sind jetzt andere zuständig. Ich bin nur als Zeuge geladen. Und da nicht hier auf der Burg verhandelt wird, sondern unten im Amtsgericht, besteht auch keine Gefahr, dass der Eppler ein paar neue Abdrücke auf der Mauerkrone hinterlässt. Zumal er meines Wissens nicht einmal reiten kann.“

„Eppler heißt der Mann? Hatte ich ganz vergessen.“ Sina schürzte die Lippen und runzelte die Stirn, ein Anblick, den Stahnke einfach entzückend fand. „Merkwürdige Parallele, nicht? Eppelein und Eppler?“

„Na, da habe ich dich aber ganz hübsch infiziert, meine kleine Skeptikerin“, sagte Stahnke. „Ich schlage vor, du hörst auf, Gespenster zu sehen, und glaubst dafür lieber die tolle Geschichte vom flüchtigen Ritter.“

„Den Teufel werde ich tun.“

„Siehst du? Das ist schon mal ein guter Anfang.“

„Blödmann."

Sie boxte ihn in die Rippen, er drückte sie an sich und kitzelte sie in der Taille, sie kitzelte zurück, beide quiekten, kurz: Sie schäkerten herum wie ein frisch verliebtes Pärchen. Was sie trotz ihrer bereits fast ein Jahr alten Beziehung auch immer noch waren.

Sina löste ihren linken Arm aus Stahnkes Umklammerung und schaute auf die Armbanduhr: „Wie viel Zeit haben wir eigentlich noch?"

„Genügend. Die Verhandlung ist für 14 Uhr angesetzt, das ist noch gut zwei Stunden hin. Das reicht für ein gutes Stück der *historischen Meile* und für zweimal Bratwürstchen mit Kraut."

„Meile? Kraut? Ich weiß zwar, dass wir Ostfriesen hier in Franken praktisch im Ausland sind, aber könntest du nicht trotzdem verständlich reden?"

„Na, als Metropole des Mittelalters hat Nürnberg so viele geschichtsträchtige alte Gemäuer, dass die vom Stadtmarketing daraus eben diese *historische Meile* gemacht haben. So eine Art Fremdenführer mit 35 Stationen. Und Bratwürste mit Kraut habe ich hier schon früher gegessen. Ist ein Nationalgericht und schmeckt ganz phantastisch."

„Ja, wenn man auf Bratwurst und Sauerkraut steht – so wie du."

„Wir von der höheren Beamtenlaufbahn geben uns nun mal gerne volkstümlich."

„Blödmann."

Boxen, Kitzeln, Quieken: „He, lass das mal, die Leute gucken schon."

„Und wenn schon, du Kraut."

„Vorsicht, meine Liebe. Keine frechen Bemerkungen. Sonst landest du ratzfatz im Verlies. Früher hätte man mit kleinen rothaarigen Hexen wie dir sowieso kurzen Prozess gemacht."

„Na klar, die gute Mutter Kirche. Frechheit übrigens, so was Patriarchalisches Mutter zu nennen." Sina stampfte mit dem Absatz auf: „Gibt's hier überhaupt Folterkeller und Verliese? Ich denke, unter uns ist nur massiver Fels."

„Stimmt auch, der Burgberg ist aus Sandstein. Aber gerade deshalb ist der Boden sehr standfest, und man konnte bis zur vier Stockwerke hohe Gewölbe anlegen. Angeblich aber nicht zum Foltern, sondern als Wasserspeicher und zum Bierbrauen."

„Würstchen, Kraut und Bier. Das ist genau die richtige Umgebung für dich, was?“

„Stimmt. Zumal in der Umgebung auch noch guter Wein wächst. Wenn es dazu auch noch die Nordsee gäbe, wär's perfekt.“ Arm in Arm bummelten sie in Richtung Stadtmitte.

Um Punkt zwölf Uhr erreichten sie den Hauptmarkt. Vor der Frauenkirche hatten sich eine Menge Menschen mit mindestens ebenso vielen Fotoapparaten und Videokameras versammelt, die nach oben starrten, und sie stellten sich dazu.

„Was spielt sich denn da oben ab? Für die Heiligen drei Könige ist es doch wohl die falsche Jahreszeit.“

„Das ist das so genannte 'Männleinlaufen'. Sieben Kurfürsten huldigen Kaiser Karl. Guck mal, die Figuren laufen nicht einfach vorbei, jede Einzelne wendet sich dabei auch dem Kaiser zu. Raffinierte Technik für das ausgehende Mittelalter, was?“

„Sauber ermittelt, Herr Hauptkommissar. Wie gut, dass es die *historische Meile* gibt. Aber irgendwie komisch – die Nürnberger haben es anscheinend mit laufenden Männern.“ Sie runzelte die Stirn: „Welcher von diesen Touristen hat denn bloß sein Handy nicht stumm geschaltet? Dieses Gedudel stört doch total das Glockenspiel.“

Stahnke zuckte zusammen, seine Hand fuhr in die Manteltasche; ein Daumendruck, und die Melodie brach ab. „Ja bitte?“ Kurz darauf: „Oh.“ Und dann längere Zeit gar nichts mehr. Das Ohr, an das der Hauptkommissar sein Handy presste, begann sich zu röten.

„Du musst gar nichts sagen“, meinte Sina, als Stahnke endlich das Gespräch beendet hatte. „Dieser Eppler ist geflitzt, wetten? Und dein Gerichtstermin fällt aus.“

„Keiner weiß, wie der Kerl seine Handschellen auf bekommen hat“, sagte Stahnke kopfschüttelnd. „Jedenfalls hat er die Dinger plötzlich abgestreift, als man ihn in den Bus stecken wollte, um ihn zum Gericht zu bringen. Dann hat er einen seiner Bewacher niedergeschlagen und ihm die Waffe abgenommen. Tja, und der Rest war dann ziemlich einfach. Selbst für einen wie Eppler.“

„Wie meinst du das, selbst für einen wie ihn?“

„Ach, du kennst ihn ja nicht.“ Erneut stahl sich ein Lächeln in sein Gesicht, aber diesmal wirkte es bitter und hart. „Der Mann ist dumm, was sage ich – der ist doof. Dermaßen strohdoof, dass man heulen könnte, wenn er den Mangel an Verstand nicht durch unglaubliche Brutalität wettmachen würde. Der arme Kollege, den's erwischt hat!"

„Soviel ich weiß, sitzt er wegen Raubmord, nicht? Oder sitzt vielmehr nicht."

„Wegen mehrfachen Raubmordes. Der Kerl ist einfach nicht in der Lage, einen wirklich einträglichen Coup auszubaldowern, da hat er sich dann gedacht, die Menge muss es machen. Mit Vorliebe hat er Tankstellen, Spielhallen und Videotheken überfallen. Und weil er aus Nürnberg stammt, hat er hier damit angefangen. Deshalb sollte ihm auch hier der Prozess gemacht werden. Grundsätzlich hat er seine Opfer niedergeschlagen, obwohl die meisten gar nicht daran gedacht haben, Widerstand zu leisten. Und nicht alle sind nachher wieder aufgewacht. So hat er sich dann durch die ganze Republik gearbeitet, bis zu uns nach Ostfriesland."

„Ich weiß", sagte Sina. „Die kleine Rumänin in der Spielhalle. Ebenfalls tot. Der Kerl muss ein Vieh sein."

„Darum war ich ja auch so froh, dass er uns praktisch in die Arme gelaufen ist", sagte Stahnke. „Und jetzt das! Verfluchter Mist."

„Wie habt ihr ihn denn erwischt? Bei einer Verkehrskontrolle?"

Stahnke stemmte die Fäuste in die Taschen seines Trenchcoats; die Nähte knackten bedenklich. „Nein, das war viel absurder. Eppler hat die Angewohnheit, nach seinen Überfällen, die er fast alle am helllichten Tag verübt, nicht gleich zu flüchten, sondern sich erst noch eine Weile in der jeweiligen Stadt herumzutreiben, und zwar dort, wo am meisten los ist. Er versteckt sich sozusagen in der Menge wie ein Baum im Wald. Die Idee ist so gut, dass ich mal vermute, dass er die irgendwo aufgeschnappt hat. Selber kann er darauf eigentlich nicht gekommen sein."

„Schön und gut. Aber wie wurde er denn nun geschnappt?"

„Er wurde verwechselt." Stahnke wand sich wie ein etwas kräftig geratener Aal; irgend etwas schien ihm gegen den Strich zu gehen. „Mein Kollege Kramer hat ihn in der Fußgängerzone gesehen und angesprochen, weil er ihn für jemand anderen hielt. Daraufhin wollte Eppler flüchten, hat aber einen Fahrradfahrer umgerannt und sich in den Speichen verheddert, so dass Kramer ihn bequem einsacken konnte."

Sina grinste: „Da beschweren sich die Leute noch über das Fahrradfahren in Fußgängerzonen!“ Und nach einem kurzen Seitenblick setzte sie hinzu: „Mit wem hat ihn Kramer denn nun verwechselt?“

Stahnke grunzte: „Mit mir! Das muss man sich mal vorstellen. Da arbeitet man jahrelang mit diesem Burschen zusammen, und dann behauptet der plötzlich, ich sähe einem Verbrecher zum Verwechseln ähnlich! Ausgerechnet diesem Eppler mit seiner Catcherfigur und seinem Stiernacken. Nur weil ich meine Haare auch so kurz trage.“ Er rubbelte sich die weißblonden Stoppeln, als wolle er sie sich von der Kopfhaut schmirgeln. Zum Raufen waren sie tatsächlich zu kurz.

Sina stellte sich auf die Zehenspitzen, umarmte Stahnke und küsste ihn nachdrücklich. Dann erst lachte sie. Und ließ ihn erst wieder los, als er mitlachte.

„Ein Gutes hat die Sache ja“, sagte er dann, „wenigstens können wir jetzt in aller Ruhe essen gehen. Ich habe richtig Appetit bekommen.“

„Auf Wurst und Kraut?“ Sina verzog das Gesicht. „Ich überhaupt nicht. Mir wäre jetzt ein Eis lieber.“ Ein Blick in Stahnkes Gesicht sagte ihr, dass das kein kompromissfähiger Vorschlag war. „Weißt du was? Geh du doch deine Bratwürstchen essen, ich hol mir ein Eis, und in einer Stunde treffen wir uns wieder hier. Einverstanden?“

Das war er nicht, aber er nickte trotzdem. „Treffpunkt Schöner Brunnen. Dort kannst du ja schon mal durch das Fernrohr gucken, dann sieht man das Männleinlaufen besonders gut.“

Sina verstand kein Wort, verzichtete aber auf Nachfragen. Selten zuvor waren sie so lange am Stück zusammen gewesen wie auf diesem Städtetrip, und Stahnke konnte zuweilen recht anstrengend sein. Liebe hin oder her, zuweilen brauchte sie einfach eine Pause von ihm.

Der Schöne Brunnen sah aus, als habe man einer gotischen Kathedrale die Turmspitze abgeschlagen und sie in ein Wasserbecken gesteckt. Schön fand Sina das fast zwanzig Meter hohe Teil eigentlich nicht, aber prächtig war es auf jeden Fall. Auch das Gitter, das den Brunnen umgab und in das ein goldfarbener Ring eingelassen war, der keine Naht aufzuweisen schien, war ein eindrucksvolles Beispiel spätmittelalterlicher Schmiedekunst.

Der Platz, den dieser Brunnen zierte, war im zwölften Jahrhundert noch ein Sumpfgebiet gewesen; typischerweise hatte man genau hier die Juden angesiedelt. Als dann im Jahre 1320 der Stadtbefestigungsring geschlossen wurde und die beiden Stadthälften vereinigte, lag das Judenviertel plötzlich im Stadtzentrum, genau dort also, wo man es auf keinen Fall haben wollte. So kam es, wie es in Deutschland so oft zu kommen pflegte: Beim Pogrom 1349 wurden über sechshundert Juden ermordet, alle anderen vertrieben, die Synagoge abgerissen. Um Platz für Märkte zu schaffen; selten wurden die ökonomischen Gründe der Judenverfolgung so offen eingestanden, vorher wie nachher.

Sina hatte ihre riesige Eistüte verputzt und schaute sich nach einer Möglichkeit um, ihre klebrigen Hände zu waschen. Kam man vielleicht irgendwie an das Brunnenwasser heran? An einigen Stellen ragten metallene Rohre waagerecht durchs Gitter. Sie erinnerten an dünne Kanonen oder an – richtig, Fernrohre. Hatte Stahnke die gemeint? Sie griff nach einem der Rohre, um es an ihr Auge zu ziehen, aber es ließ sich nicht bewegen. Sina überlegte, schaute sich um. Unterhalb eines der Rohre befand sich ein nasser Fleck auf dem Pflaster. Aha, alles klar. Sie ging hinüber, stellte sich seitlich neben das Rohr und griff zu. Das Ding ließ sich kippen, und aus seiner außerhalb des Gitters liegenden Öffnung sprudelte Wasser. Das also war es, ausgeklügelte Wasserzapfstellen, einst von durstigen Marktbeschickern und Passanten genutzt und von frechen Gassengören für feuchten Schabernack missbraucht. Jetzt waren alle Rohre bis auf eines blockiert, wohl um die Zahl der durchnässten Touristen in Grenzen zu halten. Von wegen Männleinlaufen gucken. Hatte Stahnke wirklich geglaubt, sie würde darauf hereinfallen?

Da kam er ja auch schon, obwohl die vereinbarte Stunde noch längst nicht um war. Von einer japanischen Reisegruppe umspült wie ein Kreuzfahrtschiff von Südseewellen, schob sich die massige Gestalt langsam näher. Sina mochte Stahnkes kräftigen, gut gepolsterten Körper, der auf sie überhaupt nicht bedrohlich wirkte, sondern behaglich und kuschelbärig. So ungeschlacht, wie er aussah, war er überhaupt nicht, sondern vielmehr …

Erst wollte sie es nicht glauben, dann wollte sie schreien. Eine Schrecksekunde lang aber versagte ihre Stimme. Zum Glück. Nein, das war nicht Stahnke. Selbst sie hatte sich täuschen lassen von dieser unglaublichen Ähnlichkeit. Die breiten, runden Schultern, von denen der helle Staubmantel hing wie ein Ritterumhang, die kurzen, kräftigen Arme mit den schaufelartigen Händen, der dicke runde Kopf mit den hellen Stoppeln, ja, das alles sah nach Stahnke aus. Man musste schon in dieses Gesicht schauen, aus der Nähe, und selbst da reichte kein flüchtiger Blick. Stahnke war zuweilen mürrisch und meistens stur. Dieser Mensch hier aber war fies.

Eppler. Wer sonst. Versteckt in der Menschenmenge, gemütlich einher schlendernd, während vermutlich gerade auf dem Bahnhof und an allen Ausfallstraßen fieberhaft nach ihm gesucht wurde. Reiner Zufall, dass er gerade Sina in die Arme gelaufen war, dem einzigen Menschen hier in Nürnberg, der wusste, wie Stahnke aussah. Und Eppler fast.

Und jetzt? Was jetzt?

Ein Handy besaß sie nicht, hatte darauf verzichtet, sich eines anzuschaffen, schließlich besaß Stahnke ja eins. Na prima. Also schreien? Was würden sie tun, all diese Japaner, wenn sie jetzt anfinge zu schreien? Sie fotografieren, vermutlich. Jedenfalls würden sie nicht auf die Idee kommen, diesen Koloss da festzuhalten, und der wäre in Sekundenschnelle untergetaucht. Lieber nicht schreien.

Aber was dann? Ihm folgen, ihn beschatten? Schon beim Gedanken daran bekam sie weiche Knie. So, wie Stahnke diesen Mann beschrieben hatte, wollte sie lieber nicht riskieren, von ihm entdeckt zu werden. Verflixt, warum bloß hatte sie für solche Fälle keinen Mini-Peilsender dabei?

Der Kreide-Trick fiel ihr ein. Einen Buchstaben mit Kreide in die eigene Handfläche malen und dem Betreffenden im Vorbeigehen wie unabsichtlich auf den Rücken klopfen: „Oh Verzeihung, bin gestolpert." Wie in dem Film „M". Nur hatte sie natürlich auch keine Kreide einstecken.

Die Japanergruppe umschwappte den Schönen Brunnen, der Reiseführer begann ein fernöstliches Info-Stakkato, untermalt vom Rasseln der Kameraverschlüsse. Lange sollte der Aufenthalt am Brunnen offenbar nicht dauern, vermutlich stand vor dem Abendessen noch das restliche Europa auf dem Tourprogramm. Eppler stand wenig mehr als eine Armlänge von Sina entfernt, die Umstehenden um Haupteslänge überragend, und blickte gelangweilt an ihr vorbei.

Das Kameraklicken schwoll ab, gleich würde der Touristentrupp seines Weges ziehen und Eppler mit ihm. Die Nürnberger hängen keinen. Es sei denn …

Stahnke! Diesmal musste er es sein, dort jenseits der Reisegruppe, noch mehr Doppelgänger konnte es nicht geben, so weit war die Klontechnik schließlich noch nicht. Nur sah er sie nicht, eingekeilt wie sie war zwischen Brunnengitter und Touristenpulk. Suchend blickte er in alle Richtungen, bloß nicht zu ihr herüber, wippte auf den Fußballen und guckte demonstrativ auf die Uhr. Natürlich glaubte er, sie habe sich wieder einmal verspätet, dieser rechthaberische Sturkopf. Verdammt noch mal, schau doch her zu mir!

Also doch schreien? Aber es würde Sekunden dauern, ehe er sie ausgemacht hätte, und weitere Sekunden, um die Lage zu erkennen und durch den Menschenpulk zu pflügen. Zeit genug für Eppler, um erneut unterzutauchen, sich aus dem Staub zu machen. Nein, so ging das nicht, verdammt. Wie nur konnte sie Stahnkes Aufmerksamkeit erregen, ohne gleichzeitig Eppler zu warnen?

Dann wusste sie es. Sie schluckte, und das Blut schoss ihr ins Gesicht. Nein, das nicht. Los, nachdenken, schnell, schnell, es musste doch einen anderen Weg geben. Aber schon wandten sich die Touristen ab, kam die Gruppe in Fluss, setzte Eppler sich in Bewegung. Also los jetzt, oder es war zu spät.

Sie stellte sich vor die Öffnung des Metallrohres, schloss die Augen und zog. Der Schwall durchnässte ihr T-Shirt augenblicklich, das Wasser war kalt, und sie spürte deutlich, wie ihre Brustwarzen sich empört aufrichteten. Sie schluckte noch einmal, dann drehte sie sich um.

Dieser Eppler hatte wirklich eine widerliche Visage. Seine Glotzaugen schienen ihm aus dem Kopf zu quellen, und sein Mund klaffte wie ein geborstenes Abwasserrohr. Auch die Münder der Japaner standen offen, ihre Augen aber waren hinter Kamerasuchern verborgen, und das rasende Verschlussklicken war ohrenbetäubend.

Die Sekunden dehnten sich endlos, aber dann endlich war Stahnke heran. Sina konnte nicht erkennen, was er in der Hand hielt, als er ohne Vorwarnung zuschlug. Eppler sackte in sich zusammen. Die Kamerageräusche verschmolzen zu einem Rauschen.

„Trägst du denn nie einen BH?“, fragte Stahnke, als er ihr seinen Trenchcoat umhängte, der leicht nach Bratwurst roch und auch ein bisschen nach Sauerkraut. In der Seitentasche klapperten leise die Überreste des zertrümmerten Handys.

„Nein“, sagte Sina. „Das weißt du doch.“

„Stimmt.“ Stahnke wirkte zerknirscht. Leise sagte er: „Du, tut mir Leid, dass ich mir diesen Scherz mit dir erlaubt habe, von wegen Männleinlaufen gucken. Aber ich konnte doch nicht ahnen …“

Ungläubig starrte Sina ihn an. Dann streifte sie seinen Mantel langsam wieder ab, rollte ihn zu einem Bündel zusammen und warf ihn über das Brunnengitter. Er platschte leise.

„Ging mir genauso“, sagte sie, den Kopf in den Nacken gelegt. „Das hab ich auch nicht geahnt.“

Sie legte Stahnke den linken Arm um die Taille und schmiegte sich seitlich an ihn. Mit der rechten Hand tastete sie nach dem Rohr. Und zog.

DER GROSSE SCHLÜSSEL

Stahnke schloss die Haustür hinter sich und hob den Blick zum Morgenhimmel. Ein Dutzend Kondenssteifen, die frischen wie mit dem Lineal gezogen, die älteren schon zu Watteklümpchen zerflossen, bildeten ein bizarres Linienmuster. Der Hauptkommissar rieb sich das runde Kinn, registrierte zufrieden das Rascheln der Bartstoppeln als Bestätigung seines freien Tages und machte sich auf den Weg. Brötchen, Butter, Brombeermarmelade. Außerdem eine Käsepizza zu Mittag. Und wenn er schon mal unterwegs war, konnte er eigentlich auch gleich ein Fläschchen Bordeaux mitbringen, denn Abend werden würde es ja doch. Oder auch zwei Fläschchen. Stahnke summte zufrieden vor sich hin und genoss die schnell kräftiger werdenden Sonnenstrahlen auf seiner bürograuen Gesichtshaut. Schon musste er die Augen zusammenkneifen, um noch in den Himmel blicken zu können.

Wirklich eigenartig, dieses Linienmuster. Woran erinnerte ihn das? Er wusste es nicht, und es war ihm herrlich egal.

*

„Und jetzt?“ fragte Ssraan.

Schulz schmiegte sich in die Schale, die seinen tropfenförmigen Körper wie angegossen umschloss, während seine Frontsensoren auf den Rasterschirm ausgerichtet blieben. Was der zeigte, war ebenso eindeutig wie bedauerlich. Sie hatten die Zentraltangente verpasst, und zwar richtig, gleich um mehrere Parsek. Keine Chance mehr, den Fehlsprung zu korrigieren. Sie mussten auf die nächste Linie warten, und das konnte dauern.

„Wir stellen um“, entschied Schulz. „Ostfriesland wird vorgezogen. Die nächste Periphäre müssten wir noch schaffen.“ Das bedeutete natürlich eine völlig neue Linierung ihrer Expeditions-

Route. Aber warum nicht. Schlimmstenfalls würde das Zeit kosten, und Zeit war für ihn und seine beiden Assistenten von untergeordneter Bedeutung. Wichtiger war, dass er endlich einmal wieder die Gelegenheit zu einer selbstständigen Entscheidung bekommen hatte. Solche Gelegenheiten boten sich selten genug, und diese hatte er, wie er fand, souverän gemeistert.

„Ostfriesland?", fragte Strabbelkaaks.

„Erde", erklärte Schulz.

Ein diffuses Rauschen erfüllte die Kanzel des Linienschiffs. Gewöhnlich existierten hier keinerlei Schallwellen, da weder die formenergetischen Armaturen noch die gewöhnlich talkpathische Unterhaltung welche verursachten. Strabbelkaaks und Ssraan aber verfügten als Matmeten über Kommunikationsorgane verschiedenster Art, und ihren Unmut äußerten sie am liebsten lautsprecherisch. Etwas primitiv, sicher, aber es konnte eben niemand aus seiner Hülle.

Die Reaktion selbst war nur allzu verständlich, galt doch die Erde transuniversal als Synonym für Provinzialität und Ignoranz. Was letztere anging, so war sie natürlich praktisch überall zu Hause, nirgendwo aber trat sie so selbstbewusst auf wie auf Terra.

„Ich weiß. Aber dann haben wir es wenigstens hinter uns", sagte Schulz. Seine Wortsymbole formten sich in den Gehirnen seiner Mitreisenden. Wo immer diese Gehirne auch sitzen mochten. Matmeten waren immerhin an die vier irdische Meter groß, also fast viermal so groß wie Schulz, und bestanden aus überwiegend dunkelroten, amorphen Kugeln, die permanent um eine mehr gedachte als existente Senkrechte waberten. Nur zum Grüßen formten sie sich kurz zu schwarzleuchtenden, annähernd eiförmigen Körpern. Schulz wünschte sich die Matmeten zuweilen etwas höflicher, dann hätte er diesen Anblick öfter genießen können. Aber es gab schließlich Gründe, warum ein ulrikischer Hauptmulator wie Schulz zwei Matmeten als Expeditions-Assistenten zugeteilt bekam, und ihr Mangel an Höflichkeit war einer davon.

Schulz kontaktierte den Navigations-Computer; der hatte natürlich gelauscht und war ebenfalls verstimmt. Schon lange bauten die Ulriker keine Computer mehr, sie züchteten sie. Lebendige Denker waren einfach kompakter und flexibler als künstliche. Dafür hatten sie freilich Macken, die aus der für effektive Denkprozesse unabdingbaren, wenn auch nur relativen Selbstständigkeit erwuchsen und mit denen man eben leben musste. Schulz' Computer war noch jung, frisch aus der Zuchtbatterie, und zeigte zuweilen pubertäre Widerborstigkeit. Ein hochbegabtes Gör eben. Vermutlich hatte er das Linienschiff aus purem Übermut so weit neben die Zentraltangente springen lassen. Das aber würde man diesem Schlaumeier ja doch nie beweisen können.

„Ostfriesland", talkte Schulz und ließ als deutliches Zeichen mangelnder Diskussionslust sein Rangabzeichen mental aufblitzen. „Erde. Periphäre Rasterlinie." Der Computer bestätigte, indem er das Abbild eines Erdenmenschen zeigte, eines ziemlich haarigen Exemplars mit angewinkeltem rechtem Arm und aufwärts abgespreizten Mittelfinger. Anscheinend eine Gruß-Geste. Schulz war überrascht; so groß hatte er die Wirkung seiner Autorität gar nicht eingeschätzt.

Sein Gravigan signalisierte ihm, dass der Computer das Linienschiff ordnungsgemäß in die Periphäre Rasterlinie eingefädelt hatte. Ansonsten gab es bei diesem Vorgang, der unter Gravinauten schlicht „auf Linie bringen" hieß, nichts zu sehen, zu hören, zu spüren oder zu phanten. Linienschiffe hatten, wie schon ihr Name besagte, keinen eigenen Antrieb, ja nicht einmal eine eigene Energiequelle zur Aufrechterhaltung der Formstruktur. Sie nutzten vielmehr die energetischen Linien, die das Universum zu wechselnden Zeiten auf wechselnden Bahnen durchzogen und in deren Berechenbarkeit der Schlüssel zur hyperlichtschnellen Weltraumfahrt bestand. Oder auch zur intergalaktischen Linienschifferei, wie man es in Fachkreisen etwas despektierlich ausdrückte. Ein Schlüssel, über den ganz allein die Ulriker verfügten. Deshalb hatte ihn der Große Zerstäuber auch so genial versteckt.

Schulz war schon mehrfach auf der Erde gewesen. Er dachte gern daran zurück, was aber weniger an der Erde selbst als an der Natur seiner damaligen Aufträge lag. Aufregende Dinge, alles andere als Routine. Nur sein letzter Besuch war insgesamt etwas weniger erfreulich gewesen. *

* *Siehe auch „Stern schnuppe", erschienen in: „Das Mordsschiff", Leda-Verlag 2000)*

An einige der Menschen, mit denen er bei seinen früheren Besuchen Kontakt gehabt hatte, konnte er sich noch erinnern, aber er wusste, dass das überhaupt keinen Sinn hatte. Diese Spezies war so unglaublich kurzlebig, dass man als Ulriker nicht einmal eine normale Unterhaltung führen konnte, ohne sich nach ein paar Sequenzen mit einem neuen Gesprächspartner konfrontiert zu sehen. Die unglaubliche Hektik, mit der diese Wesen ihre winzigen Lebensspannen durchmaßen, machte Schulz regelmäßig schwermütig.

Und dabei verbrachten diese Menschen große Teile ihrer knapp bemessenen Zeit mit Tätigkeiten, die Schulz völlig sinnlos vorkamen. Mit fast permanenter Sexualpartnersuche und Nachwuchsproduktion zum Beispiel. Da Ulriker einen natürlichen Tod praktisch nicht kannten und nur selten einer der ihren durch Unfälle oder eingeschleppte Krankheitserreger umkam, war die Anordnung einer Neuschmelzung durch den Großen Zerstäuber ein ebenso seltenes wie sensationelles Ereignis. Man hatte sich zwar geehrt zu fühlen, zu solch einem öffentlichen Vollzug eingeteilt zu werden, riss sich aber nicht gerade darum. Schließlich war der Vorgang, aus zwei Individuen zunächst eins zu machen und dieses dann zu dritteln, ungemein kräftezehrend und beileibe kein Spaß. Schulz spürte, wie sich sein dunkelgrüner Tropfenkörper mit den roten Sensorganen und dem Automob-Kranz am spitz zulaufenden unteren Ende schaudernd zusammenzog, so dass die Sitzschale mit der Anpassung kaum nachkam. Er hatte die Schmelzung einmal vollzogen, das reichte für ein Leben. Selbst für ein ulrikisches.

Eine weitere typisch menschliche Zeitverschwendung waren die sogenannten historischen Aufzeichnungen. Kein Ulriker gab sich mit sowas ab. Warum auch? Ulriker vergaßen nichts. Ihre Erinnerungsspeicher waren unerschöpflich. Was es zu wissen gab, das wussten sie eben, oder ein anderer Ulriker wusste es, und das war praktisch dasselbe. Wofür gab es schließlich den Linien-Pool, das Gruppen-Gedächtnis der Ulriker. Die Menschen aber machten ständig Aufzeichnungen, schrieben alles und jedes nieder, für ihre Mitmenschen und ihre Nachfahren und natürlich zum eigenen Ruhm. Oder sie lasen ständig das, was ihre Vorfahren niedergeschrieben hatten. Was für ein Aufwand! Letztlich las dann doch kaum ein Mensch das, was er dringend hätte lesen sollen. Unmengen von Wissen gingen so verloren, wurden in hektischer Betriebsamkeit neu entdeckt und wieder vergessen. Ein Trauerspiel.

Aber letztlich machte genau das die Erde so geeignet für die Zwecke des Großen Zerstäubers. Ein Planet, auf dem kurzlebige Bewohner rast- und pausenlos mit Art- und Wissenserhaltung beschäftigt waren, war eben genau der richtige Ort, um etwas schnell und gründlich in Vergessenheit geraten zu lassen. Der ideale Ort für ein geniales Versteck. Das Versteck für den Großen Schlüssel.

Schulz hatte den Plan selbst mit ausgeführt, damals noch als Mulator in assistierender Funktion. Er hatte sich um die Ablenkungsmaßnahmen gekümmert. Die Vorgaben lauteten: groß, auffällig und geheimnisvoll. Ansonsten hatte er freie Linie.

Schulz hatte sich einen Riesenspaß daraus gemacht. Angefangen hatte er mit schlichten, aber gigantischen Kreisen aufrecht stehender Steine – stilisierte Abbildungen von Matmeten bei der kollektiven Körperhygiene. Dann hatte er Flussbetten durch Gebirge gezogen, riesige Steinbrocken auf Felsnadeln getürmt und auf einer winzigen Insel mitten im Ozean gigantische Skulpturen von Wesen aufgestellt, die es dort überhaupt nicht gab. Als er dann aber begonnen hatte, Imitationen langgezogener ulrikischer Schmelzplätze anzulegen, gab es von seinem Vorgesetzten eins zwischen die Sensoren. Keine Linien, bitte! Jeder Hinweis auf den eigentlichen Zweck der Aktion musste peinlichst vermieden werden.

So war Schulz schließlich auf Pyramiden verfallen. Stufenpyramiden in Südamerika, Unterwasserpyramiden vor Japan, Pyramiden im Dreier-Pack in Ägypten – das kam an. Die Menschen liebten ja solche kolossalen Heiligtümer. Vor allem die Ausrichtung der Gizeh-Pyramiden auf das Sternbild Orion und die Gruppierung der Bauwerke analog zu dessen Gürtelsternen war ein Geniestreich. Keine fünf Generationen hatten die Menschen gebraucht, um die wahren Erbauer der Pyramiden zu vergessen, obwohl sich deren Abbilder doch sogar unter den Hieroglyphen fanden; das Ank, Schulz' tropfenförmiges Konterfei auf seinem T-förmigen Kommandopult, war eigentlich unverkennbar. Seither aber suchten die Erdlinge nach immer neuen Erklärungen für die Bedeutung dieser Steinkolosse und waren damit aufs angenehmste abgelenkt und beschäftigt.

Inzwischen war der Schlüssel längst in seinem Versteck gelandet, still und ohne viel Aufhebens. In einem schlichten Erdhügel, nicht höher als drei Matmeten, auf einer kaum besiedelten Ebene nahe der Küste, zwischen zwei Flüssen, damit man im Bedarfsfall nicht so lange suchen musste. Wenn man denn wusste, dass er dort war. Die Menschen aber wussten natürlich von nichts. Sie standen staunend um die Pyramiden und Stonehenge und den Grand Canyon herum und kümmerten sich überhaupt um alles mögliche, um es gleich darauf wieder zu vergessen und wegzusterben. Aber um den Plytenberg kümmerten sie sich zunächst nicht. Wie geplant.

Der Name Plytenberg war übrigens bei einem der späteren Inspektionsbesuche ausgestreut worden. Die Aktion eines anderen Hauptmulators, der immer schon zum Übereifer geneigt hatte. Eine zusätzliche Tarnung sollte es sein, ein Phantasiename mit mehreren denkbaren, aber natürlich völlig sinnlosen Bedeutungen. Auf den römischen Unterweltler Pluto sollte Plytenberg hindeuten, ebenso auf das altfriesische Plithan, das sowohl „zu Gericht sitzen“ als auch „Wettspiel“ heißen konnte, oder auf Blyde, also Freude oder Zufriedenheit. Wie gesagt, ein gut gemeintes Verwirrspiel. Aber es erzeugte genau das, was eben nicht gewollt war: Aufmerksamkeit.

Und schon ging es los, dieses typisch menschliche Spurensuchen und Thesenschmieden, nur eben am falschen Platz. Nämlich dem richtigen. Kürzlich erst, nach der in dieser Region gültigen Zeitrechnung im Jahr 1930, wäre einer dieser Ahnungslosen beinahe mitten in die Wahrheit hineingetrampelt. Dr. Herbert Röhrig hieß er, und sein Werk trug den Titel „Heilige Linien durch Ostfriesland“. Linien! Ausgerechnet! Schulz’ Nervenlinien vibrierten heute noch, wenn er an den Wutausbruch des Großen Zerstäubers dachte. Der Linien-Pool hatte eben auch seine Schattenseiten.

Da machte es auch nichts, dass dieser Röhrig – ein Name, der übrigens auch etwas Linienähnliches, allerdings Hohles bezeichnete – selbst überhaupt keine Ahnung hatte, wie dicht er an der Wahrheit dran war. Er schrieb von allerlei heiligen germanischen Orten und deren „Nord- und Osteinstellung“; Humbug natürlich, denn die Objekte, nach denen er seine „Linien“ definierte, Thingstätten, Burgen, Kirchen, Aussichtstürme, Richtstätten und Festwiesen, in einem Fall sogar eine öffentliche Bedürfnisanstalt, waren völlig willkürlich zusammengesucht. Röhrig war eben ein typischer Vertreter der auf der Erde herrschenden Klasse, der selbstbewussten Ignoranten. Wohl deshalb fand er auch eine Möglichkeit, sein Machwerk drucken zu lassen. Soweit kein Drama. Röhrig aber tat drei Dinge, die die Ulriker zusammenzucken ließen: Er zeichnete eine Rasterkarte jener Region, die inzwischen Ostfriesland hieß. Er nannte den Plytenberg als einen der drei wichtigsten heiligen Orte. Und er erwähnte die Conrebberswege.

Dazu muss man wissen, dass die Lagerung des Großen Schlüssels über einen längeren Zeitraum an ein und derselben Stelle nicht ohne Folgen bleibt. Trotz Inaktivität wirft der Schlüssel sogenannte Kraftschatten, und die äußern sich natürlich als Linien. Eine Art Echo des intergalaktischen Energie-Rasters. Nun sind Linien in einer urtümlichen Landschaft nicht besonders auffällig, man hält sie für Wege und Schluss. Der Zufall aber wollte es, dass die Kraftschatten in Ostfriesland gerade an solchen Stellen auftraten, die besonders feucht und sumpfig waren und wo kein normaler Mensch einen Weg anlegen würde (Ulriker schon, aber das ist eben Geschmackssache).

Der Friesenkönig Radbod war ein gewitzter Mann, ihm fiel das auf, und er machte sich prompt daran, der Sache auf den Grund zu gehen. Das war im Jahr 718. Ein Jahr später wurde König Radbod – oder Con Rebbi, wie seine bisweilen lallenden Untertanen ihn nannten – von kriegerischen Franken erschlagen. Der Große Zerstäuber persönlich hatte das arrangiert. Trotzdem hießen die Kraftschatten seither überall in Ostfriesland Conrebberswege.

Zum Glück fanden die Ausführungen des Dr. Röhrig wenig Beachtung. Die Menschen in Ostfriesland hatten andere Sorgen. Verschiedene Ereignisse sorgten in den folgenden Jahren dafür, dass sie noch schneller wegstarben als gewöhnlich. Ob der Große Zerstäuber dabei eine Rolle spielte, wurde nie erörtert. Im Linien-Pool fand sich nichts über die Vorfälle, und das war ungewöhnlich genug, um auch den wagemutigsten Neugierigen zur Vorsicht zu mahnen.

Damit aber nicht genug. Bei der jüngsten Plytenberg-Inspektion wurde etwas entdeckt, was die Sorge um den Großen Schlüssel erneut anheizte: Hunderte von Menschen tummelten sich auf dem Hügel und ließen bunt bemalte Eier hinunter rollen. Ein Alarmzeichen ersten Ranges, denn schließlich ist das Ei nicht nur das Symbol des im Verborgenen aufkeimenden Lebens, also quasi auch des unter der Hügel-Oberfläche versteckten lebenswichtigen Schlüssels – es sieht auch aus wie ein grüßender Matmet und ist außerdem das verkleinerte Ebenbild ulrikischer Linienschiffe, denen es buchstäblich gleicht wie ein Ei den anderen. Die Menschen mochten zwar nichts wissen, aber sie schienen etwas zu ahnen. Sie nannten es Brauchtum. Ob sie auch über eine Art Kollektivgedächtnis verfügten?

Das war zu viel. Nun war der Große Schlüssel zwar nichts, was man mit dem Spaten oder anderen menschlichen Möglichkeiten finden und ausgraben konnte; er war genau genommen nicht einmal ein Ding, sondern eher eine eigenwillige Nuance im Wechselverhältnis energetischer Rhythmen. Aber Menschen waren unberechenbar, und der Gedanke an ihre hektischen Entwicklungs-Sprünge ließ die Ulriker nicht ruhen. Schließlich war der Große Schlüssel auch der Schlüssel zur Herrschaft im Universum, und die Ulriker waren die einzige bekannte Spezies, die es genau danach nicht gelüstete. Also durften sie die Macht über dieses Instrument niemals aus der Hand geben. Dieser Verantwortung waren sie sich bewusst.

Der Große Zerstäuber ordnete an, den Schlüssel bei nächster Gelegenheit vom Planeten Erde zu entfernen und anderweitig zu verstecken. Wo, das behielt er vorläufig noch für sich. Vermutlich würde es auf irgendeinen wüsten Mond hinauslaufen. Allzu viele Möglichkeiten bot so ein Universum ja nicht.

Das Linienschiff tropfte aus der Periphären heraus wie Sirup aus einem Strohhalm. Das Sonnensystem lag unmittelbar voraus. „Erde ansteuern“, ordnete Schulz an. Der pubertäre Computer ließ es sich nicht nehmen, eine Extrarunde durch die gesamte Ekliptik zu drehen, eine Protuberanz aus der Sonne zu reißen und ein irdisches Roboterfahrzeug, das sich im Anflug auf den Mars befand, aus der Bahn zu schleudern. „Polar Lander“ stand drauf.

„Sie werden es vermissen“, tadelte Schulz. Der Computer schwieg bockig.

Ostfriesland war leicht zu finden. Laut- und reibungslos schwebte das Linienschiff auf die grüne Halbinsel zu, die von glänzendem Schlick, grauem Wasser und einer Kette weißer Inseln gesäumt war. Auch ohne die beiden Flüsse war das Schlüssel-Versteck gut auszumachen. Jedenfalls für einen Ulriker, der Kraftschatten nicht nur sehen kann, sondern auch weiß, was das ist. Menschen konnten und wussten das nicht. Die konnten nicht einmal ein Linienschiff sehen, ehe es gelandet war.

Die menschliche Ansiedlung rund um den Plytenberg war in den letzten Jahren deutlich gewachsen. Ein richtiges Zentrum aber hat sie immer noch nicht, stellte Schulz fest. Breit und weich sah die Stadt von oben aus, mit angelappten Wohnquartieren und klotzigen Kaufhallen, zerschnitten von grobschlächtigen Verkehrslinien. Solch ein Wohnort war für Ulriker unvorstellbar. Ohne Zentrum keine Struktur, ohne Struktur keine Kraft, keine Kraftlinien und kein Schlüssel dazu. Aber was verstanden diese Menschen davon.

Dann hatten sie ihren Bestimmungsort erreicht, ungesehen und unbemerkt. Dort unten musste der Plytenberg sein. Schulz und seine beiden Assistenten beugten sich vor.

Aber da war er nicht.

Da war kein Hügel mehr, da war eine Pyramide. Sechseckig zwar und ziemlich flach, nur dreistöckig, aber eindeutig eine Pyramide. Schulz glaubte eine embryonale Vorform seiner eigenen Projekte zu erblicken. Anscheinend war auch dies ein sakrales Bauwerk, denn zahlreiche Menschen näherten sich ihm aus allen Richtungen und strömten durch ein zentrales Portal hinein.

„Was steht denn da auf dem Schild?“, fragte Schulz.

„Da steht: Kaufrauschkaufhaus“, antwortete der Computer. Die Lust an blöden Späßen schien ihm vergangen zu sein.

So viel zum Thema Kollektivgedächtnis. So viel zum Thema Brauchtum. Und soviel zum Thema „heilige Linien“. Den Menschen hier schienen andere Dinge heilig zu sein. Und genau dafür hatten sie sich diese Pyramide gebaut. Sie liebten eben diese kolossalen Pilgerstätten.

„Sie haben ihn zerstört“, sagte Ssraan.

„Für so einen Dreck“, sagte Strabbelkaaks.

Die beiden Matmeten begannen sich zu blähen. Wahrscheinlich rechneten sie mit einem Einsatz. Schulz hatte die beiden schon in Aktion erlebt. Damals, in Ägypten. Dort hatte es vordem keine Wüsten gegeben.

„Nein“, sagte Schulz. „Das machen wir anders. Wir wollen den Schlüssel, und den werden wir bekommen.“

„Und wie?“, fragte der Computer. Er war eben doch noch ein Grünschnabel.

„Ganz einfach“, sagte Schulz. „Indem wir auf Linie gehen. Die Linien reichen schließlich in mehr als nur drei Dimensionen. Fertigmachen!“ Schulz richtete sich in seinem Sitz auf, jeder Zoll ein kommandierender ulrikischer Hauptmulator, und befahl: „Wir werfen Ostfriesland in der Zeit zurück.“

Und er fügte hinzu: „Es ist ja nicht das erste Mal.“

*

Sehr eindrucksvoll war er ja nicht, dieser Plytenberg, überlegte Stahnke. Ein schlichter Erdhügel, kegelförmig und grasbewachsen, vielleicht zwölf Meter hoch. Die Altvorderen mochten ihn als Ausguck angelegt haben, um räuberisches Volk rechtzeitig auszumachen, das sich über Ems und Leda näherte. Heute wurde der Plytenberg von jeder besseren Mülldeponie überragt.

Stahnke blinzelte in die Sonne und rieb sich das Kinn. Es raschelte. Ja, er hatte frei heute. Aber wann hatte er beschlossen, einen Spaziergang zum Plytenberg zu unternehmen? Er überlegte, jedoch ohne Resultat. Das Einzige, was ihm in den Sinn kam, waren die Worte Brötchen, Butter, Brombeermarmelade und Bordeaux. Seltsam. Er kniff die Augen zusammen und blickte versonnen gen Himmel.

Wirklich eigenartig, dieses Linienmuster. Woran erinnerte ihn das? Er wusste es nicht. Egal, sagte er sich. Aber es war ihm klar, dass er sich das nicht glaubte. Hier gab es etwas zu klären, und genau das würde er tun. Auch wenn es ewig dauerte.

Verdrießlich stapfte er davon. Er spürte deutlich, dass dieser Tag nicht mehr derselbe war wie noch vor wenigen Minuten.

Foto: Rob. Köllmann

Peter Gerdes, geb. 1955 in Emden, lebt in Leer (Ostfriesland). Studium der Germanistik und Anglistik, anschließend als Journalist und Lehrer tätig. Literarische Anfänge Ende der 70er Jahre; schreibt seit 1995 vor allem Kriminalliteratur und betätigt sich als Herausgeber. Mitglied im Landesvorstand Niedersachsen/Bremen des Verbandes deutscher Schriftsteller (VS), Mitglied im „Syndikat", Leiter der Ostfriesischen Krimitage. Veröffentlichungen (Auswahl): Kriminalromane: „Ein anderes Blatt" (1997); „Thors Hammer" (1997); „Ebbe und Blut" (1999); „Der Etappenmörder" (2001). Kriminalgeschichten: „Das Mordsschiff" (2000). Anthologien: „Zum Morden in den Norden" (1999); „Mordkompott – Kriminelles zwischen Klütje und Kluntje" (2000); „Mordlichter" (2001); „Abrechnung, bitte! Eine mörderische Kneipentour" (2002); „Flossen hoch! Kriminelles zwischen Aal und Zander" (2003).

Peter Gerdes:
Der Etappenmörder
Kriminalroman
ISBN 3-934927-08-4
196 Seiten; 10,- Euro

Peter Gerdes (Hrsg):
Mordkompott
Krimis mit Rezepten
ISBN 3-934927-01-7
240 Seiten; 12,70 Euro

Peter Gerdes (Hrsg):
Flossen hoch
Krimis mit Rezepten
ISBN 3-934927-16-5
240 Seiten; 12,70 Euro

Peter Gerdes:
Das Mordsschiff
Kriminalstories
ISBN 3-934927-00-9
144 Seiten; 10,- Euro

Peter Gerdes:
Ein anderes Blatt
Kriminalroman
ISBN 3-934927-05-x
136 Seiten; 6,- Euro

Peter Gerdes:
Thors Hammer
Kriminalroman
ISBN 3-934927-
136 Seiten;

Maeve Carels:
Blondes Gift
Kriminalroman
ISBN 3-934927-27-0
224 Seiten
9,90 Euro

Maeve Carels:
Chat 'n' Kill
Kriminalroman
ISBN 3-934927-24-6
240 Seiten
10,- Euro

-ky:
Älteres Ehepaar jagt Oberegierungsrat K.
Kriminalroman
ISBN 3-934927-17-3
164 Seiten; 10,- Euro

Sandra Lüpkes:
Die
Sanddornkönigin
Inselkrimi
ISBN 3-934927-11-4
176 Seiten; 10,- Euro

Sandra Lüpkes:
Der
Brombeerpirat
Inselkrimi
ISBN 3-934927-18-1
192 Seiten; 10,- Euro

Kai Engelke:
Der
Vollzeiterschrecker
Kriminalgeschichten
ISBN 3-934927-13-0
160 Seiten; 10,- Euro

Dieter Bromund:
Die wandernden
Sände
Inselkrimi
ISBN 3-934927-15-7
240 Seiten; 10 Euro

Dieter Bromund:
Kein Schnaps für
den Zaren
Inselkrimi
ISBN 3-934927-37-8
176 Seiten; 9,90 Euro

Dieter Bromund:
Die Frau aus
der Brandung
Inselkrimi
ISBN 3-934927-25-4
96 Seiten; 4,90 Euro

Unser Programm im Internet:
www.leda-verlag.de